仙杜瑞拉殺人事件

The Cinderella Murder Case

舒果汁 著

目次

【推薦序】

文／鄭芬芬

少女、警察、和殺手。

典型的推理片角色設定，好像沒什麼。

不過再加上幾個字，被同學和家人霸凌的少女，懷疑自己的同事是謀殺案嫌犯而獨自辦案的警察，和患有臉盲症、因為認不得被自己殺掉的人的臉而永遠不會有罪惡感的殺手，是不是就讓你覺得好像有什麼了？

因為人物，吸引了你。推理片最好看的，其實不是情節，都是人物；任何故事最後能留在人心的，也不是故事本身，而是故事裡的角色。勞倫斯・卜洛克筆下的馬修・史卡德、雷蒙・錢德勒創造的菲力普・馬洛、達許・漢密特玩轉的尼克與諾拉，都帶領著我們透過他們的眼睛去看那個城市，經由他們的感受去說他們身邊人物的故事。

你可能會問我，怎麼都挑冷硬派的美國作家當例子？約瑟芬・鐵伊、東野圭吾、宮部美幸、阿嘉莎・克莉絲蒂呢？他們也有格蘭特探長、神探伽利略、警犬阿正、波洛和馬普爾小姐啊！

是的，他們都有令人難忘的角色，但也許是因為我忘不了馬修史卡德說過的話吧。

「也許沒有人是座孤島，而也許每個人都是。」

仙杜瑞拉殺人事件裡頭的少女怡萱、警察哲倫、和殺手杰爵，都從孤島出發，怡萱不為同儕和養父母接受，站在情感的孤島；哲倫無法信任同為刑警的夥伴，站在正義的孤島；而杰爵因為記不得每一張臉，站在人際的孤島，他們各自從三座孤島出發，卻因為一樁謀殺案而有了連結，不正應驗了史卡德的話？也許每個人都是座孤島，而也許沒有人是。

書名取材仙杜瑞拉，就知道作者不但沒有卜洛克的冷冽，相反地，還有著少女心。反應在文筆上，時而揶揄、時而溫軟、時而無奈，筆下的人物也許不像馬修有酗酒的問題，但他們都耽溺於某種情緒之中，但那些情緒就像仙杜瑞拉一樣，都代表了某種渴望，對與這個世界有所連結的渴望，對人性價值的渴望，而那也是我們的渴望，所以，我們會記得這些人物。

說完人物，我們來說故事。

在一間門窗密不透風、沒有侵入跡象的情色賓館小房間，兩位刑警和一位受保護的證人全遭殺害身亡……

密室殺人？

對，沒錯，推理類型中的最大宗：密室推理。作者大膽地用了這個不管是柯南還是福爾摩斯等許多偵探人物玩透玩爛的梗，有那麼多優秀的前輩樹立了標竿在那裡，作者如何在公式上推陳出新、顛覆讀者的想像？

以前大家寫故事，都會寫英雄、寫美女，然後英雄開始有缺陷，美女變得不如鄰家女孩討人喜歡，小人物漸漸被放大，屌絲也能成為主角來逆襲，甚至好人和壞人的界線愈來愈模糊，編劇與作家不斷地在人物設定和故事情節的衝擊度上挑戰人性的底限，不過怎麼想得到，除了灰姑娘和白馬王子之外，那雙遺落在12點鐘的玻璃鞋也能成為書寫的角度呢？

推理作品的世界裡，角色的觀點非常重要，因為他負責帶領觀眾去分析所有線索、一起完成猜謎的刺激過程跟共享解秘後的快感，不管是地毯式搜索證據的查緝者、還是把自己當成誘餌深入虎穴來確認線索的參與者、甚或全知立場的旁觀者，都是讀者可以依託的對象，主動而有代入感。仙杜瑞拉殺人事件裡的角色卻全是被動者，剛開始讀來的時候其實是跳脫一般推理小說的習慣，令人有點不適應的，可是因為角色人物的描述成立、設計成功，很快地你也貼近了角色、進入了情境，開始期待自己能夠扮演好玻璃鞋的角色，解開12點鐘的那道謎題，讓白馬王子跟灰姑娘牽起彼此的手，而更突出的是，作者在最後玩轉了觀點的轉換，也是本書讓人驚喜之處。

近些年來，很多年輕作者與編劇都熱衷於推理類型的書寫，也屢有佳作，雖然有很多作品還是會感覺到其中的不成熟，把故事中的人物像棋子般擺弄，看得到機巧與謀略，卻缺乏真實的人性與深刻的感情，好像為了推理而推理，卻沒想到，推理只是個類型，形容故事風格的一個方法，推理到最後，你還是要建立一個作者想要傳遞的情感或是價值觀，甚至是世界觀。

推理小說各個國家各種流派風格不同，除了因為燒腦的性質而獲得一定數目的粉絲讀者喜愛，但其實很大一部分魅力是來自於內容依附於當地文化，建立起具有當地文化特色的文本，在這種文本內創造了推理故事，於是你不僅僅看到了案件，還看到了人、看到社會、看到時代。就像有紐約犯罪風景的行吟詩人之稱的勞倫斯・卜洛克，透過一名無牌私家偵探的戒酒歷程，寫盡紐約的豐饒、蒼涼與深沈，而且這一系列從一九七〇年代一路寫到新世紀，在時間的長河裡顯現了命運的作弄、道德的擺盪、人性的明暗，它已不只是推理犯罪小說，而早已昇華到文學經典的地位。

而這，也是我對《仙杜瑞拉殺人事件》作者舒果汁的期待。

當一種文學類型要蔚為成熟，是需要很多作者跟讀者共同來努力的，作者不斷地耕耘，讀者不停地給予養分，作者培養他們的創造力，讀者訓練他們的鑑賞力，彼此的互動共同灌溉了推理這片苗圃，於是我們能看著推理長成大樹的一天，甚至釋放出濃郁的推理芬多精吸引了更多的種樹者來共同形成一片推理森林。我從《仙杜瑞拉殺人事件》的人物中感受到在地關懷的情感，從案件的縝密構思中看到了台灣推理小說的前景，我也體會到台灣讀者未來的福氣，就是能從愈來愈多像舒果汁這樣努力不綴於創作的作者身上享受到驚喜不斷的作品。

最後，為了表達我對故事中人物的喜愛，容我引用樂團Coldplay的名曲《Yellow》中一段歌詞所說的：

I swam across,
I jump across for you.

Oh what a thing to do,
Cos you were all "Yellow".

I drew a line,
I drew a line for you,
Oh what a thing to do,
And it was all "Yellow".

Your skin,
Oh yeah your skin and bones,
Turn into something beautiful,
And you know for you,
I'd bleed myself dry for you,
I'd bleed myself dry.

少女、警察與殺手，她們都在追求她們心中的Yellow，而我也被她們的Yellow觸動，希望浩瀚的推理之林中，每一株苗都找得到它們的Yellow。

作者簡介／鄭芬芬：台灣知名導演、編劇。電影《聽說》入圍二〇〇九年金馬獎，電視電影《長假》榮獲二〇〇八年金鐘獎迷你劇集獎，電影《沉睡的青春》入選中國金雞百花電影節台灣導演新人獎、並獲新加坡亞洲新人影展最佳劇本。

1.1

怡萱喜歡雨天，不過深秋雨後的下午，並沒有讓她的心情特別好。學校中庭長了幾排枝幹茂盛的樹木，葉子看起來像是楓葉的形狀，可是顏色並沒有隨著入秋轉紅；落葉們沾濕在鑲著小石頭的水泥地上後，只是慢慢地變成灰白，像是燒過的餘燼一樣。

學期開始的時候，每個班級都可以從總務處領到一批新的打掃用具，但上學期仍勉強堪用的也會保留下來。人是喜新厭舊的，所以打掃時間一開始，學生們總是會搶先撿選較新的用具；動作慢的人，拿到的往往都是倒落在角落、狀況欠佳的次品，就像是怡萱手上拿的那隻掃把。柄上包裹的紅色塑膠片已經有些剝裂扎手，前端分岔的掃把頭若不定時鎖緊，便很有可能會鬆脫。想拿這樣的工具，俐落掃起貼黏在地上的殘葉，幾乎是不可能的事。

打掃時間已經快結束了，但中庭仍滿是殘藉不堪的落葉。怡萱索性蹲下，用手直接撿拾；濕冷的觸感，像是攀附的水蛭，沾滿了手指。她抓起一把枯葉後，放進身後的大垃圾桶內。

「哇，你什麼時候抽到這隻四星的？」

「就昨天啊，花了我五千水晶才抽到的。」

兩個同組打掃的男生，在怡萱跟前盯著手機上的遊戲畫面聊天。她不知道他們玩的是什麼，但還是忍不住抬頭望了一眼。他們兩人各杵著隻掃把，筆直的刷毛被撐壓在硬梆梆的地面上。怡萱沒有介意什麼，因為知道自己的動作本來就沒其他同學快，只是覺得嶄新的掃把就這樣被弄壞很可惜。

上課的鐘鈴響了。

怡萱趕緊拍了拍手掌，讓黏上手的破葉落進腳邊的畚箕。站起身後，才發現制服裙子的一角沾上了地上的汙泥。她楞了一下，不知道該怎麼處理，因為兩手仍沾著不少髒黑的水漬。國文課本裡《愛蓮說》有句『出淤泥而不染』，她有點羨慕，不知道蓮花是怎麼辦到的？

意識到的時候，原本耳邊男同學們的聲音已經離得很遠了。他們兩人的背影，各提著垃圾桶的一邊，腳步輕鬆地朝教室方向走去，彷彿中庭的清掃與他們無關。兩人自認的工作，就只是單純的把垃圾桶提過來，然後再提回去而已。

不想將握柄弄髒，怡萱把掃把和畚箕夾在兩腋，縮著兩手想跟上離開的同學。這些上學期留下來的舊用具，其實就算多了兩個黑手印也應該沒人會去注意，但在怡萱的想法裡，世界上任何東西都是有感覺的。明明身為清潔工具，隨著掃起的垃圾越多，自己卻變得越髒；它們心理一定很無奈和難過，只是不能說，或就算是說了，也不會有人聽到。

快到廁所外的洗手臺時，怡萱將腳步慢下來，因為洗手臺前仍有幾個同學在使用。都是和怡萱同一個班級的，他們這禮拜各自負責男女廁所的整理，應該也是剛清掃完。

「欸！你們看，暴龍耶。」突然，其中一個男生露出驚訝的表情。

暴龍？怡萱轉頭，順著他視線朝身後張望，不過並沒有發現任何恐龍出現的跡象。

「呵呵，你很壞耶……幹嘛侮辱暴龍呀。」那男生身旁一位反應快的女同學，親暱拍了他的肩膀。她水龍頭底下抽出的手，打溼了對方的制服襯衫，但他很有風度的反投以微笑。其他幾個同學感染了兩人的愉快氣氛，融成一片笑聲。

當想起自己夾著打掃工具而縮起的兩臂後，怡萱才察覺他們眼裡的暴龍，就是自己。她試著和大家一樣露出笑容，不過只牽動了一下嘴角。不知道要怎麼做，才能進入他們的世界；同學間很多有趣的話題，她常聽不懂，或沒辦法理解有趣的點在哪裡。

是因為自己笨的原因嗎？怡萱有時會這樣想。

從小學開始，怡萱的功課一直就不是很出色。國中三十個人的班上，考試排名大約都是在二十五名以後。和國文、英文、數學那些學科相比，雖然她家政和美術的成績相對體面很多，甚至曾經受過老師稱讚，不過這也有可能是其他同學不想花太多時間在這種不需要腦袋的科目上而已。總之，『聰明』這類的形容詞，從來沒有出現在她的身上過。

她明白，融不入大團體與自己天生的靦腆個性有很大的關係，不過連說話的對象都找不到，大概是從國二上學期開始的。當時班上很流行算命，一位自稱會看手相的女同學，下課時間總是被大家圍繞。對此也十分好奇的怡萱，趁著一次休息時間對方經過身邊的機會，鼓起勇氣開口拜託了她看手相。那位女同學突然被攔下，雖然表情不好看，但還是瞥了眼怡萱含蓄攤開的右掌心。

「喔，妳的生命線很短喔，還註定剋父剋母剋夫的。」看手相的女同學很快地便作了結論。

「那個……妳會不會看錯了？可以詳細再看一次嗎？」怡萱楞道，這與她期待的命運完全不同。其他同學得到的內容，大多是幾歲會碰到真命天子、會生幾個小孩，雖際遇有異，但都是邁往幸福的道路。班上同學都知道她雙親早逝的事情，這樣聽起來儘管殘酷，卻似乎又近於事實。

「好吧，詳細一點的說，妳十六歲發瘋，十七歲自殺……不對，說不定會更早。總之妳自己衰就算了，千萬不要把厄運傳染給周遭的人。」感到被質疑的女同學，講得更不客氣了。

知道了註定不祥的命運，怡萱深感後悔。她從來沒想過手心裡，佈滿了詛咒的掌紋。難道父親與母親的去世，都是自己害的嗎？如果真的活不到十八歲，那接下來的三年，就是她最後的人生了……而且還是在最幸運的情況下。怡萱試著去忘記這件事，不過偶而還是會在睡著後見到那盅倒數的沙漏。明明夢見自己身處在百花綻放的花園，但一不小心，就會踩進由無數細小骷髏頭形成的流沙堆裡；望著頭上飛舞過的蝴蝶，卻什麼都不能做，只能靜靜等待視野中的藍天越變越小……

排在眾人後洗過手，走廊上已經沒有其他的學生，怡萱跑著小步朝教室趕去。

這一堂課有英文小考，負責教課的班導師好像還沒來。可能是在等印考卷的關係，不過平常她本來就都會慢個幾分鐘才進教室。正當怡萱感到慶幸地想走進後門時，不經意見到教室前的小排水溝旁，正躺著一個癱軟的書包，裡頭的課本和雜物散落在周圍。

她低著頭走去，看見背帶上迪士尼美人魚造型的小別針，知道是自己的書包沒錯。已經不知道是第幾次了，怡萱沒有去算，也不再想去詢問是哪個同學的惡作劇。她蹲下撿起頁面凌亂的課本和作業簿，依序放回書包內，所幸只有鉛筆盒掉進了小水溝內。唯一麻煩的，是鉛筆盒是軟布材質，浸在污水中的部分在撈起後仍滴滴答答地漏著水。

入秋的黃昏，好像還沒來便走了。此時又開始飄落的細雨背後，一點顏色都沒有。

1.2

「好，同學！寫好的考卷左右交換，紅筆拿出來。」嬌小個子的簡老師清了清嗓子後，喊出聲音。同學們按著指示，將剛寫完的英文小考試卷交給隔壁排的同學，教室內一時籠罩在羽飛花落聲中。

上了國三之後，各科考試不間斷地頻繁起來。簡老師雖然是怡萱的班導，但同時也要教授其他班級的英文。如果每天都要她批改學生的考卷，是項很殘忍的要求。所以像是今天這種不重要的小考，一般都是讓同學們交換批改。

怡萱剛進教室的時間有些遲，不過還是有及時完成考試的作答。有幾題中翻英句子的答案她不是很確定，比如說by和fire中面要不要加the，還有dress的複數要用s還是ies……

「齁，為什麼又是左右換啦！」怡萱左邊的男同學王傑銘不開心地抱怨著。

「因為你是她男朋友啊。」坐怡萱前面的男同學回頭訕笑。

「你媽啦！你才她男朋友……」王傑銘被激怒似的反駁，但擔心老師聽到，很快地放低音量。

怡萱假裝什麼都沒聽見，只是默默把自己的試卷擺放在王傑銘的桌面。她打開紅筆的筆蓋，在抽屜內包便當的報紙上試畫了一下，還好仍能正常使用。剛才掉進排水溝的鉛筆盒正晾在她右手的窗戶邊，與裡頭的文具都在洗手臺清洗擦乾過了。不知道是不是湊巧，怡萱瞥見王傑銘一個伸腰的動作後，自己的考卷忽然就被拍落到了地上。

「欸，跟妳再換一下。」王傑銘像是什麼都沒發生地，點了點他前座女生的背。

「麻煩耶你，幹嘛不和她換就好啦。」他前座的女生回頭後，露出白眼。

「才不要咧，她身上和東西都又油又臭的。」怡萱彎身拾起考卷時，聽見王傑銘這樣說著。

王傑銘前座的女同學沒再說話，有些不耐地依了他要求，把已和右排交換過的考卷和後方又交換了一次。怡萱輕含著下唇，將撿起的英文試卷鋪回自己桌上。每天都有確實梳洗的她，會給同學留下這樣的印象，她不知道為什麼。

「選擇題第一題到第五，ＡＤＢＣＤ……」講台上的簡老師，開始讀出考試的答案。沒時間再去找其他同學交換，怡萱只能趕緊批改起自己的試卷。

考試的題目只有選擇題和句子翻譯，簡老師在念完選擇題的答案後，起身把正確的中翻英句子寫在黑板上。娟麗的英文字體隨著粉筆，被整齊地刻畫在板面上。怡萱今天有特別早起溫習，雖然說不確定的答案都猜錯了，不過努力還是有回報。重複算了兩次扣分總和後，確定了這次小考拿到了七十八分。雖然和班上大都是九十多分的成績有段差距，不過往常都是及格邊緣的她，還是愉悅地在自己的考卷寫上分數。

「李怡萱……七十八分，這次考不錯喔。」在隨意翻閱收回的學生試卷時，簡老師也注意到了進步。難得受到老師的鼓勵，台下的怡萱不好意思地泛紅了臉頰，低下頭。

「七十八分算不錯？」但隨後，一位成績優異的女生，露出啼笑皆非的表情，用拉高的氣音質疑。

「以白痴來說很厲害了啦。」後排另一位學生迅速接口道。

教室內同學頓時很有共識地，隨著這對話活絡起來；有人抖起肩膀含蓄偷笑，有人則掛著輕蔑的笑意望向怡萱座位處。一道清甜的熟悉笑聲，也在怡萱見不到的後方響起。那笑聲屬於張佩瑜，怡萱知道，她曾經很喜歡見到那主人的笑容……那模樣曾經很甜很純真。兩人在國一時是非常好的朋友，中午時她總是會拉著椅子和怡萱一同吃飯，東南西北的聊。不過就只是曾經而已，怡萱現在已經很習慣做什麼都是自己一個人了。

簡老師見到班上和諧的氣氛，無奈地苦笑比起手勢讓大家安靜。

「老師！她自己改自己的，一定是作弊啦！」左邊一個不以為然的突然抗議，讓老師望了過來。

怡萱慌張抬起臉，見到老師逐漸轉為黯然的眼神。

1.3

晚上已沒再落雨，但夜市內的地板仍溼漉漉，或多或少影響了逛街遊客的心情。平時像這樣透寒的天氣，賣熱食的攤位幾乎是一位難求。怡萱今天沒那麼忙，麻油雞麵線鋪內的客人只坐了六分滿。

如往常一樣，下課後怡萱就直接走到夜市幫忙。今天白天在學校並沒發生什麼特別的事情，不過當她想起書包內的家長聯絡簿後，心情還是感到有點忐忑。『求學的心態要正確，誠實比成績重要。』，班導簡老師在今天的聯絡事項中，特別寫下了這麼一句話。被老師誤會作弊的事，怡萱有些失落，不過讓她最在意的並非這件事情。

「阿姨，簽名……」幾經思考後，怡萱還是抽出家庭聯絡簿，趁客人少的時候開了口。

「沒看我在忙喔？自己簽就好了啊！」稍微發福的中年女人，煩躁地用大湯杓敲了一下裝盛麻油雞湯的不鏽鋼煮鍋。湯汁上震出了油波，所幸沒有溢出來。

「喔……」怡萱縮回遞出的兩手，諾諾地走回放書包的攤位角落。

被她稱作阿姨的女人，實際上是她的繼母。在還沒有記憶時，怡萱的母親就已經去逝。父親在她小學三年級時認識了這位當時還未發福的女人，或許是希望重構一個完整的家庭，又或是麻油雞攤需要幫手，交往沒多久後兩人就結婚了。開始的時候，繼母曾希望與怡萱建立如親母女的關係，不過經過一陣子的嘗試仍無法讓她開口喊『媽』後，便看淡了。

看似正常的三人家庭生活並沒有持續太久，父親在怡萱五年級時肝癌病發，在醫院躺了一年後就離世。原本是幫廚角色的繼母承襲了父親的手藝，接下麻油雞生意的經營，許多常客甚至沒有注意到換老闆。雖然食物賣相並沒有太大差別，但怡萱還是比較喜歡父親麻油雞湯中特有的清甜味，阿姨的調味比較重一些。她說這樣才留得住客人。

經濟上，因為仍有維生的麻油雞攤，兩人的生活還過得去。不過國小畢業後，阿姨要求怡萱下課後要到攤位幫忙，擔任如她之前助手的工作。她學得很快，除了放學後沒去補習，怡萱並沒有覺得自己和其他同學有什麼不同。但和在夜市顧攤時的默契相比，兩人回到家後，互動便顯得若有若無。與其說是相依為命的親人，不如說是因為彼此都沒有想去打破那最後底線的關係。怡萱與阿姨，就這樣依循父親在世時所建構的框架生活著。直到幾個月前……阿姨交了個新男朋友。

「三桌！」阿姨低喊了一聲。

怡萱立刻上前端起碗用橘色塑膠碗公盛裝的麻油雞湯，送去給坐在三號桌、一副白領穿著的男客人。熱騰騰的油湯在碗面晃動，但怡萱端得很穩，一滴都沒有溢出來。怡萱看得出阿姨今天的心情不好，應該又是因為她那男朋友的緣故。

怡萱稱阿姨的男朋友叫『鴨叔』。他長得瘦黑，原本是在夜市內賣鴨卷餅的，後來因為得罪管理會的人，加上生意也不是太好，就沒再續租攤位。交好以後，阿姨讓鴨叔搬進家裡與她共住一室。起初他晚上偶爾還會到麻油雞攤位幫忙，但漸漸地就不太出現，就連家裡也是好幾天才回去一次。

「又死去哪裡了啦你！」阿姨突然又暴怒起來，對攤外大喊道。

怡萱嚇了一跳，還好熱湯已經放妥在桌上，但三號桌的客人也驚抖了一下，沒抓穩的綠色筷子摔到了地下。

「沒有啊，就去阿旺那泡茶走走嘛。」從攤外走進來的，是堆著輕浮笑臉的鴨叔。

「泡茶?!泡茶可以泡三天？」這解釋似乎讓阿姨更怒火中燒。

「還有談一些正經事啊……就是之前跟妳提過投資的那些，好像真的能賺錢啊。那個……現在這邊有多少？先借用啦。」他邊說話，邊朝著攤車下裝錢的鐵盒窺望。

「不用想啦你！上次家裡那幾萬你拿去哪裡了？」

「幹，那麼大聲幹嘛啦，就說會還啊！」惱羞成怒的鴨叔，也跟著板起面孔。

離著兩人，怡萱靜靜站去攤後的角落準備洗碗。她不經意又望了一眼仍擺在書包上頭的那本家庭聯絡簿；今天的聯絡事項中，除了因被班導師誤會而寫下的評語，還有畢業旅行費用的催繳通知。上個月帶回旅行參加意向書時，阿姨在聽見五千八百元的活動費用後雖皺了眉頭，但還是在參加欄上打了勾。只是眼見班上同學都早已繳費，阿姨卻遲遲未對怡萱的提醒做出回應。繳交的最後期限已通融過，只剩四天，也就是畢業旅行的前一日。

好像已經很久，沒有出去玩了……怡萱在學校聽著同學們興高采烈地討論畢業旅行內容時，不覺也冒出了期待的想法。從小父親就很少休假，一週七個晚上都是在夜市顧攤。大概只有幾次過年長假，父親曾開車載著她到外縣市旅遊。雖然所到的知名景點都滿是遊客，不過怡萱對於那時所記得的，只有緊牽著她手的父親，兩人走在陽光下重疊的影子。

記憶中的幸福，依稀就是長得那樣。

國小六年級時也有畢業旅行，不過那次怡萱並沒有參加。那幾天是父親最後的日子，她在醫院病房陪著他直到最後……

「幹嘛你！不要給我跑！」一聲阿姨尖銳的咆嘯，把怡萱拉回了眼前的麻油雞攤位內。她看見鴨叔手裡抓著兩張千元鈔票，頭也不回地朝外跑去，拉開的鐵盒內只剩下一些銅板。前幾天大雨，攤舖沒有營業，盒內是這整個禮拜的收入。

三號桌地下這時又多了兩隻筷子，連先前摔掉的共有四隻；所幸筷桶裡還有一整把，暫時不用補餐具。怡萱頓了一下後，輕輕吐了口氣。原本還躊躇五千八的活動費要如何向阿姨開口，看來已經可以完全死心了。她抽出一支原子筆，在家長欄內寫下『因故不克參加』的成熟字跡和簽名後，便將聯絡簿收回書包。

其實，不去也好……由於沒人願意共寢，老師替她安排到與另外落單的三個女生一房。她們聽見後未強硬反對，但都露出了懊惱的神情。如今自己不參加的話，就不會給大家帶來麻煩了。

怡萱這樣安慰自己，一邊扭開槽裡的水，一邊望去隔壁蚵仔煎攤內的電視。螢幕上，正報導一則議長涉嫌利用職權、包攬市府標案的貪汙案。經手的議會秘書長握有關鍵證據，被檢方列為重要汙點證人。

怡萱仔細沖抹槽內堆起的碗，沒有意識到幾天後，自己的名字會因此以死者身分也列上新聞。

1.4

洗完澡關上水龍頭後，怡萱想起什麼似地深吸了一口氣。身上並沒有什麼奇怪的油膩味道，反倒是及肩帶著水氣的髮際間仍飄著淡淡洗髮精的花香氣味，讓她覺得很好聞。

由於稍晚時又飄了雨，今天夜市收攤得早，十一點半就已經回到家。阿姨整晚的表情都不太好看，怡萱不敢多說話，整理完帶回來要冰的食材後就安靜地去洗了澡。她很享受浴室內那種白煙霧漫的感覺，像是置身在童話雲端中。小時候她常幻想天上的雲層間有座城堡，裡頭住了位年紀相仿的公主；那位公主雖然穿著美麗的洋裝，有著享用不完的蛋糕甜食，但是卻沒有玩伴。寂寞的公主常常趴在雲朵邊望著怡萱，嚮往兩人能成為朋友。

不過現在怡萱長大了，她知道雲裡不可能住著人，也不可能有人嚮往著與她做朋友……叩叩叩，一陣阿姨不悅敲著塑膠簾門的急促聲音，提醒了她不該在浴室沉浸太久。

回房間後，怡萱立刻在泛黃的短袖T袖上披上了制服外套。在這種氣溫交接的季節，一不留意就會感冒。她知道生病不光只是身體難受，還會給阿姨帶來困擾。學校明天要繳的數學作業，早先在攤位內還來不及寫完。正當打開書包拿出課本時，身後的房門忽然嘎地一聲被推開了。

「鴨叔……？」怡萱馬上就意識到門不是因為沒關好，而是被探進的鴨叔推開的。大概是那兩千塊不夠在外頭過夜，平常有錢用的他是不會那麼快就玩回來的。

鴨叔滿臉醺紅，身上帶著濃濃的酒味。雖然平日互動不多，但怡萱很害怕見到他這個樣子。

「來，萱萱……來幫鴨叔按一下肩膀。」他走進房後，自顧自地躺在怡萱的床上招著手。

「鴨叔，我要作功課……」

「唉呦，裝什麼用功。」

「真的啊，明天要交的。」

「就說不用了！來啦！」

沒有再給怡萱推辭的機會，鴨叔伸手將她強拉了過去，並湊近他一嘴斑黑的黃牙，意圖很明顯地不在於按摩。怡萱國小三年級就有生理期，發育得快，這時在他眼裡已經是個女人了。

「不要！」怡萱急著想起身，卻掙脫不了鴨叔的環抱。

「閉嘴，再叫揍妳喔！」他瞪著佈滿血絲的雙眼，壓低音量威嚇。

怡萱害怕收起聲，不過發顫的沉默顯然只是讓對方更放肆，沒一會兒，就感到鴨叔的手已伸進上衣的下擺內。

「不要啦！」她再次驚慌地踢腿掙扎。

鴨叔沒打算再多費口舌，只是翻過身將怡萱纖弱的身子壓在了床上，邊脫扯下她的運動長褲，邊胡亂解開自己的褲頭。

「拜託啦！鴨叔，不要！」怡萱驚恐哭喊道。

她從來沒有那麼害怕。被阿姨誤會偷錢在屋外罰站整晚時，她曾感到委屈；便當鐵盒被同學扔進後巷野狗群中時，她曾感到膽怯；晚上想起父親，在枕頭裡哭腫雙眼時，她曾感到寂寞。不過從來都沒有像現在這樣陷入恐懼地害怕。

怡萱還以為，在這父親留下的屋簷裡，自己是安全的。

不知是否視覺被恐懼佔據的緣故，她躲不了鴨叔貼上的醜陋嘴臉，也不敢看去他已裸露的下身，早分不清自己究竟是在哭喊還是在尖叫。怡萱突然希望自己其實就像同學王傑銘所說的那樣，髒臭得讓人無法接近……忽然，一記揮過的鍋杓，敲得鴨叔按住後腦急往後瞧。

「你混蛋啊，在幹什麼！」出現在他身後的阿姨，飆聲怒罵。

「什麼幹嘛，睡覺啦！回妳房間又不會給我好臉色看！」鴨叔仗著酒意，理直氣壯地嚷嚷，一副懶得解釋的表情。

兩人來回幾次的祖宗問候後，阿姨又舞起手上的鍋杓，朝鴨叔的身上亂砸去。醉得連腳步都站不穩的鴨叔，雖然也反手還擊了幾拳，卻仍不是對手，一陣混亂自己摔倒後，就趁機逃了出怡萱的房裡。

「阿姨……」怡萱恢復過肢體的知覺，從床上撐起身子。不過赤紅滿臉的阿姨，神色並沒有隨著鴨叔逃離而鬆緩，胸脯仍上下劇烈伏動著。

「妳才幾歲，啊？就給我搞這個！不知羞恥！翅膀硬了是嘛?!以為自己很厲害是嘛！」見衣衫不整的怡萱，阿姨滿腦子怒氣再也忍不住，如洩洪般地宣泄。

「沒有，阿姨，我……」怡萱試著站起解釋，但話才到一半，臉頰就挨上一掌火辣的手印。阿姨平日雖不算溫柔，但從未動手打過她。這是第一次。

「以為自己很漂亮，是嘛?!啊，不用聽話是嘛，那就自己搬出去住啊！」失去理智的阿姨，說到激動，隨手又是一掌。這是第二次。

紅腫兩頰上的刺痛，加上滿腹委屈，怡萱眼淚撲簌地滑下來。她已經很久沒在人前哭過，不過阿姨並沒有為此心疼，自己發抖扭曲的五官，彷彿更加需要別人安慰。怡萱感到一股不甘的衝動，緊咬著嘴唇衝出房門。匆亂踩進塑膠拖鞋後，她什麼都沒帶，一路奔離了住處，奔離了那記憶裡曾是家的地方。眼眶模糊裡，怡萱一度以為連記憶都丟失了。身上只有輕薄的制服外套，她應該要感覺到冷，可是在那之前，還有更重要的東西應該要感覺到。

那個屋簷下，父親庇護的溫暖，去哪裡了？她不知道，只能奔進寂夜裡沒有目的地尋找。

2.1

已經好幾天沒有好好睡覺了，揉完黑眼圈後，哲倫將雙手插回外套口袋。他靠在捷運出口外的騎樓柱，低頭思索等會晚飯要買什麼好。便利商店的便當或御飯糰感覺有些隨便，路上會經過的一本家日式餐盒又太舖張了……

今晚的氣溫驟降，是入秋後的第一波寒流。哲倫左邊的口袋內，塞著一袋剛拆封的暖暖包，外包裝是隻大白兔的那種。放了一陣仍沒感覺到發熱，他習慣性的在口袋內揉搓著。身為一個大男人卻那麼怕冷，哲倫有時會感到汗顏。以前在家上廁所時，他習慣在冰冷的馬桶座上墊層毛布，常被妹妹笑作是個有老太婆靈魂的邋遢宅男。不過現在有座墊會發熱的免治馬桶，已經很久沒被那樣稱喚了。

「哈嘍，大哥，在等人嗎？」失神間，一個突然的女聲傳來，面前出現了一位年約二十歲上下的女生。

「有什麼事嗎？」哲倫防備地詢問，不明白對方的用意。她甜膩的聲調雖然有些曖昧，但穿著頗隨意，就像是早上睡過頭、坐在複合式早餐店裡玩手機的那種女大生打扮。從直覺來說，對方應該不是所謂的援交妹。

「是在等女朋友？」她沒有回答問題，攀聊似地反問。
「不是。」哲倫搖了頭。
「喔，男朋友呀？」
「當然不是啊，妳到底想幹嘛？」他感到不耐。
「哈，是這樣的啦，為了替窮困兒童籌募生活費，我們現在有推廣這個文創商品。像這隻就是結合我們大學生創意的簽字筆，好看又實用喔……」那女生邊繞舌說著，邊從側包中掏出了隻包裝簡單的原子筆。
原來是想推銷『愛心筆』的。哲倫皺了個眉頭。看起來像是市面上常見的百樂牌原子筆……所謂的創意，就只是在上頭塞了隻頭狗造型的筆蓋罷了。他不知道要怎麼定義所謂的文創，但眼前的女生一點也不像窮困兒童。
「大哥，你覺得怎麼樣呢？這一隻只要兩百元而已，可擦可寫，又能做善事，一舉多得耶……」
「我是警察喔。」哲倫打斷對方。
「喔，這樣呀……那軍警價八折！算你一百八就好。」她完全沒有怯退的意思，不知道是大膽還是神經大條。
「小姐，兩百元的八折是一百六十元好嗎？」哲倫有些無奈，望著眼前這位自稱大學生的推銷員。

「哈哈！你怎麼那麼會殺價呀，好吧好吧，那就算你一百六，不要跟其他人講喔。」

哲倫感到有點頭痛，閉眼捏起鼻翼。放空了數十秒後，重新看回錶面，發現現在已經九點零三分了。說好今天晚上九點整先在這裡碰頭的，阿雄不知道為什麼還沒有到？

「好不好嘛，這可能只是你一頓微不足道的飯錢，但卻可以讓需要的孩子看到未來的希望耶。」

楞後，他發現那女生仍在眼前，堆著笑容慢慢貼近。雖然已不是顛峰時間，捷運出口外的人流仍不少。幾對路過男女的腳步雖然未停下，不過都不免好奇地望著他們兩人。哲倫無奈地翻開夾克，從內袋掏了皮夾出來。他平常是個意志很堅定的人，但也就只是平常而已。

「呃……那是真的嗎？」女生突然警覺地問道。哲倫翻開夾克時，被她眼尖地見到他腰間的配槍。

「妳說槍嗎？當然啊，不是跟妳說了我是警察。」

「呵，以為你唬我的嘛……你又沒穿制服。」她吞吐著，捏起哲倫遞上的鈔票和零錢。

「我是刑警啊，本來就不穿制服。」哲倫悶著臉接過愛心筆，隨手塞進外套口袋。

和日劇或是美劇裡那種西裝筆挺的刑警不同，哲倫平常的穿著與路人沒什麼差異。低調的好處是尋查辦案時，不會打草驚蛇惹人注意，而大部分的便衣警察也都是如此。他認為在辦公室外還執意要穿襯衫西裝的男人，通常不是做直銷的就是詐騙集團。人很容易被外觀所矇騙，所以往往越不受歡迎的職業，越需要靠穿著來給別人留下好印象。

不過賣愛心筆的是個例外，像是動物頻道裡的獵豹，他們要披著如枯草般的保護色，才能冷不防地接近目標。

如果是平常，哲倫可能會直接把眼前的女生帶回警局處理，但稍晚他還有更重要的任務。日前爆發議長貪汙案後，身為議長遠房表弟的林姓秘書長主動聯絡檢警，願以汙點證人的身分協助調查。由於他掌握的細節，幾乎可以左右案情發展，很快就傳出了生命受到威脅的傳聞。前天他們分局收到廉政組的指派，將負責證人開庭前的保護。安置地點很隱密，在重重記者包圍下掩護林秘書長離開住處時，即使鼻子一連被麥克風戳了兩次，哲倫仍堅定地一字都未透漏。

分局偵查隊的四位刑警擔任了這次證人的全天保安工作，十二個小時交接一次，分兩組執勤。年資較深的刑警老江和陳桑負責作息較正常的白日，而資歷淺的哲倫和等會要碰頭的阿雄，則要負責晚上九點半到早上九點半的護衛。

哲倫妥善地將皮夾收起後，發現才一沒留神，那女生就已不見人影。早知道一開始就亮槍了……和開槍不一樣，亮槍是不用寫報告的。無聊又站了一會兒後，他將那吉娃娃筆頭的愛心筆掏出把玩，只是端看時，感到些不對勁。並不是因為東西突然變成紙紮的，膠身的愛心筆和筆蓋仍很扎實，但筆身牌子印的卻不是百樂英文字樣『PILOT』，而是雷同的『PIIOT』。難道是仿冒品？費力扭開狗頭造型的筆蓋後，哲倫試著在手背上畫個太陽，但完全出不了水。

不但強迫推銷，還賣盜版劣品……那女生的罪行比預想地還重大許多。他本想直接扔掉，但看在那造型筆蓋的份上，就還是留了下來。和父親一樣，他並不喜歡狗，但妹妹喜歡。

「喂！你到了喔。」聽見阿雄爽朗的聲音時，哲倫才發現他從對街走來的揮手身影。

「當然啊，都九點零七分了。」哲倫半抱怨地指著手錶。

「咦，你也買了啊……真受不了，莫名其妙花了兩百元。」阿雄苦笑，望去哲倫正收進口袋的愛心筆，隨後從自己外套內也拉出了一支，只是筆蓋是不同的豬頭造型。他不知道如果表明警察身分的話，其實只要一百六十元。哲倫聳肩，心情好了一點。

2.2

由於已經過了正常的晚飯時間，街上能買餐的選擇少了很多。安置證人的祕密地點是在一處不起眼的小旅館。雖然是棟三層樓的水泥建築物，外觀卻很沒存在感，像是蓋了層灰紗般。該區早期曾是特種行業聚集的地方，離與阿雄碰面的捷運出口約十分鐘步程。

旅館的業主前幾年曾將內裝重新翻修，希望能擺脫風化味，吸引外國背包客的生意。不過由於老闆的經營觀念未能跟上市場轉變，服務也缺乏訓練，所以並沒能如預期的順利轉型。大部分住宿過的客人，都在訂房網站上留了類似以下內容的評論：

『交通還算方便，但房內有蟑螂！沒門禁，櫃檯的老伯總是蓋著報紙打盹，附近份子感覺複雜，女生住宿會很危險。評分：2/5，不推薦。』（由Amy發表來自Hong Kong）

『第一晚女友洗澡就發現浴缸堵住，我打了服務電話，不過對方完全無法用英文溝通。下去櫃檯比手畫腳要求疏通水管後，老闆竟然只遞給我一枚保險套。評分：1/5，不推薦。』（由Jong Un發表來自Korea）

網路風評的力量很大，所以該旅館的生意總是冷清，但作為證人的保護場所，卻算是一個不錯的地點。警方訂了一間三樓走廊底的房間，房內拉簾可以在臥房外隔出一處小客廳。被保護者可在臥房內休息或做自己的事，而兩位值班的刑警則可以在客廳內看電視。證人若是覺得無聊，當然也可以收起拉簾，和客廳內的刑警們聊天。

證人受保護期間不能離開旅館，也禁止外人接觸，所以房內堆了好幾天份的微波食品和泡麵。哲倫覺得吃那些東西不健康，所以和阿雄值班前總會買熱食帶去做晚餐和宵夜。兩人今晚也不例外，正在家餐廳內排隊等著點餐。

「你覺得這些真的有比泡麵健康嗎？」阿雄望著上頭的菜單，前頭還有四位客人。

「至少有新鮮的生菜啊。」後頭兩手插在夾克內的哲倫回答道，每次見到泡麵調味包裡的乾燥蔬菜，他就會聯想到木乃伊。暖暖包已經熱起來了，但他仍習慣性地搓弄著。

「可是我想點吉事堡。」阿雄撥著下巴的鬍鬚，視線所及的漢堡照片裡，只夾了起司和碎肉排。

「那為什麼不點雙層吉事堡？裡面有多一片番茄。」

「因為我討厭吃番茄呀。」

面對這種直接了當的答案，哲倫想不到要繼續說服對方的理由。兩人正在前往旅館會經過的速食店內，外帶應該不會耽誤太久時間。點餐排隊的隊伍再次縮短時，哲倫身上的手機忽然響起。

「喂？喔，陳桑……對，我們正在買餐，很快就要過去了。嗯，嗯好，我們會。」哲倫接起右邊口袋裡的電話。他不喜歡自己手機和其他雜物一起放，因為螢幕有可能會被畫傷。

「怎麼了嗎？」阿雄回頭問道。由於是證人的祕密保護工作，上面要求了員警們執勤時要避免與外界聯絡，除非有緊急的事態。

「林秘書長說⋯也幫他帶一份。」哲倫掛上電話後，看了一下手機上的時間。離交接還有十五分鐘，時間還很充裕。如果不是男廁外放著清潔中的立牌，他會想去廁所一趟。

「那要幫他點什麼？」

「不知道，隨便吧，他又沒說。」

「那傢伙挺討人厭的⋯⋯不如，就幫他點雙層吉事堡套餐吧，嘿。」阿雄想想後，得意提議道。

議會辦公室的林秘書長雖身為汙點證人，可是對二十四小時貼身在側的刑警們，總以對下屬的態度指使，一點都沒有被保護者的自覺。他們私下對林秘書長都很感冒，不過都忍耐著。畢竟只要過了這幾天，順利確保他的人身安全，日後彼此就沒有瓜葛了。

想像林秘書長吃到雙層吉事堡內番茄時的酸澀表情，阿雄不自覺地感到愉快。難得有一吐怨氣的報復機會，就算是特地替他帶餐也不覺得麻煩了。當然這計謀的前提，是每個人都和他一樣討厭吃番茄。

2.3

拎著速食店外帶的紙袋和飲料，哲倫和阿雄在九點二十八分便抵達了旅館的門口。今晚附近似乎有什麼慶典，一路上陸續都見到了從建築物後方升起的煙火綻放，中間還不時夾雜著鞭炮聲，像是跨年夜一樣的熱鬧。雖然好奇抬頭望了幾眼，兩人皆默契地未停下腳步觀賞。除了趕著交接，那種並肩站在夜空下、讓絢爛繽紛的炫光輪番交疊在彼此臉上的氣氛，畢竟還是比較適合情侶。

相較外頭喧鬧的景象，一步進旅館內，就可以明顯感到氛圍的不同。今晚旅館的生意仍冷清，牆壁上掛著的房間鑰匙除了少數幾把，皆沉靜地垂吊在原位，讓人不禁聯想起鄉村夜裡的柳樹。大概是為了省電，接待廳天花板的四盞日光燈只開了一盞。而櫃檯內的老闆，如往常看見地癱在藤椅內熟睡。如果不是見到他臉上隨著沈重呼吸起伏的報紙，很容易會誤以為那是具屍體。

兩人搭乘電梯到了三樓後，在租用的３０１房間外敲了門。

「老江、陳桑！開門啊，我們到了。」等了一會沒反應，阿雄又重敲了幾下，朝門內喊道。

「他們在幹嘛……？」哲倫把食物袋放下，奇怪地撥起電話。

出入的鑰匙只有一把，由值班的刑警持有。一般在門上魚眼確認外頭是來交接的同事後，便會開門。不過今晚的情況不太對勁，房內電音版『何日君在來』的音樂已經響起了快一分鐘，卻仍沒動靜。他們認得出那是老江的電話鈴聲，代表房內有人，就算他在廁所內沒接聽，陳桑也應該會來開門。

「喂！裡面的，開門啊！」兩人開始感覺到不妙，輪流試著轉動上鎖的門把，但徒勞無功。阿雄甚至退了幾步，想用蠻力衝撞開厚實的鋁門，可惜在沈重的撞擊聲後，晃動起的只有他腰間的贅肉。

「怎……怎麼辦？」阿雄冒出冷汗。

「你在這守著，我去找櫃檯拿備用鑰匙！」哲倫知道已沒其他辦法，當機立斷地吩咐阿雄。手腳較俐落的他三步併兩步，迅速地衝下樓梯，領著兩眼惺忪的老闆上來。

「幹嘛啊，那麼急……你朋友可能睡著了吧。」走廊內仍不時可以聽聞外頭煙火的隆隆聲響。突然被叫醒的老闆，仍未回過神，以為其他人都能像他一樣在這爆竹聲中酣甜入睡。為了防止消息走漏，警方租用房間時並未告知旅館實情，老闆並不清楚刑警們的身分。再次被催促後，他才緩緩掏出腰際上一大把用彈簧繩串起的鑰匙，邊瞪著兩位刑警，邊將上頭標示著301的鑰匙，插進門把轉開鎖。

哲倫輕輕推了一下，房門沙啞地開啟。通往小客廳的無人走道隨著視野逐現，有如舞台劇掀幕的既視感。

房內亮著，但除了電視聲，裡頭仍沒有回應。哲倫與阿雄有默契地對看一眼後，謹慎地前後持槍進入。室內門旁的廁所半開著，只要稍窺一眼便知道裡面沒有人。他們靠著走道牆壁探進，緊張的情緒反應了在前額冒出的汗珠上。兩人壓抑的鼻息，隨著前進的腳步越漸沉悶。不過在右轉進走道盡頭的小客廳，見到眼前的景象後，他們的呼吸才真正暫停住。

陳桑與老江都在……但就如背景般死寂。

陳桑坐在轉角旁三人沙發的左側，仰首斜靠牆，露出的左側腦袋有個彈孔，而垂下的左手旁落著一隻手槍。倒趴在沙發右邊前地板上的老江，則在側轉過來的眉心間，也深印著一發中彈槍痕。對面靠牆的電視正播放著意外保險的廣告，聲稱即保即生效，不過對原本的兩位觀賞者似乎還是太晚了。

哲倫表情惶恐，急忙跪前查看。不過再怎麼看，兩者都早已沒了生命跡象。阿雄也揪著臉，心情複雜地不知如何是好。

「啊，林秘書長呢……？」哲倫突然想到，望去房內另一側整面拉起的布簾。阿雄反應過來，急忙跨過老江的屍身，走去掀開那面隔住視線的幕簾。但揭露的景象並沒有較悅目，只是讓房內死亡的氣味更加瀰漫……眼鏡歪斜的林秘書長躺靠在床頭邊，佈滿血跡的臉上仍是相同的一槍。

死亡數字加一。

室內沒有其他可疑蹤影，阿雄回頭望向蹲坐在地的哲倫，彼此半張著嘴，卻都講不出任何話來。受保護的證人不但遭殺害，同僚的兩位刑警也在任務中身亡。電視旁敞開窗戶外的耀目煙火，再次在黑夜裡綻放，拒絕了他們的默哀。目前最該做的，是通報警局眼前的狀況，不過兩人誰都沒有勇氣先打這個電話。

「你們是誰呀！不要亂來，我要報警喔！」仍在門外的旅館老闆並沒見到房內的慘狀，只是驚見兩位刑警持槍進房的舉動。

「嗯……謝謝。」哲倫對他的貼心舉動道謝。

2.4

「魯大……」阿雄躊躇了好一會後，才開口。

「閉嘴！」被稱作『魯大』的魯姓分局偵查小隊長，臉色鐵青地低聲斥道，緊抓在指間的黑皮手拿包已皺得變形。雖身著暖洋風味的花襯衫，卻明顯處於低氣壓。他與老江和陳桑是老交情，三人已熟識了二十多年。相較這兩年才進單位的哲倫和阿雄，對於同事的身亡，他內心的衝擊理所當然地大上很多。

哲倫悄悄拉了阿雄的衣袖，要他識相別再多嘴。魯大雖然被稱呼為魯大，但平常其實很魯小小；就算是訂錯便當這種芝麻小事，都可以讓他藉故碎罵上一整天。不過面對今晚這件出了三條人命的大事，反倒意外沉默地讓人渾身不舒服。哲倫知道魯大鼓起地粗脖子裡滿是怒氣，一旦爆發出來就會很難收拾。

三位分局刑警現正無事地站在案發房間門外對視。兩個小時前通報後，來支援的警力和鑑識組很快地就到達現場，但由於滋事重大，中央警政署的刑事局很快地就通知了要接管此案。在旅館門口拉起了警戒線之後，他們剩餘的工作就是等候刑事局偵查隊到來，並保持現場的完整。之前這種看守屍體的工作，通常是由葬儀社業者勝任的。

稍早刑事局的刑警才抵達，帶隊是罕見的女隊長。年紀三十出頭，在美國聯邦調查局受訓回國後，展現出的優異破案能力很快地便讓男性同僚們折服。雖然留著幹練的短髮，但她身上的俐落皮外套，仍遮掩不住一股天生的嬌貴氣息。

「喂！你，小隊長怎當的？證人的安全住所怎麼挑在這種破爛地方？」她簡略巡視完案發的房間後，走上旅館走廊，皺起眉頭問道。

「……」被問話的旅館老闆，難堪地吞下口水。

「呃……Tina，他們分局小隊長應該是那邊那一位。」一位體格高大的壯碩刑警，聽見後趕緊上前解圍，指去門另一邊的魯大等三人方向。從他的語氣和態度，像是帶隊副手的角色。哲倫對這位刑警有點印象，好像是以前警校的柔道大賽決選中見過。當時是去替參賽的學長加油，不過在被對方大動作的甩出場後，就直接去了醫護室探視。雖然眼前刑警現在穿著令他感冒的西裝打扮，卻也不得不承認那因肌肉緊繃的西服線條，很有執法人員的魄力。

被稱作Tina的女刑警頓了一頓，隨即像是沒事般地轉過頭看向魯大，等待他回答。

「嘖，妳真的懂嗎？就是在這種低調的地方才安全啊。」魯大用著輕視的語氣，反擊對方剛才不知是有意或是無意的羞辱。

「這旅館內連一個錄影鏡頭都沒有，根本過時。外頭最近的監視器也在兩個巷子之外，哪裡安全了？」她沒示弱，指出問題所在。不虧是菁英所在的刑事局，在短時間內就掌握了附近情況。

「什麼過時，是注重客人隱私啊！」旅館老闆抗議道，但沒人理。

被夾在中間的哲倫與阿雄，不知是該站在自己人那方，還是認同女刑警的合理質疑。他們本能地緊靠牆壁，如不慎跌進西班牙鬥牛場中的觀眾。但由於是失職才導致了這種局面，兩人都很明白箭頭遲早會轉向自己，所以更像沒交作業、罰站在教室最後頭的小學生。

「哼，沒監視器就不會辦案啦……」魯大低頭小聲揶揄，卻又故意讓人聽見。

「慶！我不想跟穿花襯衫的人說話，叫他走開。」Tina臭著臉，用著幼稚園大班的口吻指示身旁高過她兩個頭的副手。被喚為慶的高大男警面露難色，不過比起楞住的哲倫與阿雄，似乎已經很習慣對方的脾氣。所幸在場面變得更尷尬之前，魯大便賭氣地點起煙，悶聲不響走下樓了。衝突外的眾人都鬆了口氣，除了欲言又止的旅館老闆。他不時望去走廊上『室內禁煙』的字牌，卻又不敢上前招惹背影滿是江湖味的魯大。

「嗯，兩位是案發現場的發現人吧，可不可以詳述事件的前後經過？」慶從西裝內袋掏出本筆記，想藉此轉換氣氛似的問向貼著牆壁的兩位刑警，即使這本來就是應先著手的正經事。

哲倫與阿雄點點頭，先後描述了今晚稍早前的事情。大致上就是兩人在九點零七分時會面在捷運出口，也就是各自住家到旅館的交集點。路上進了速食店買晚餐，排隊時接到死者陳桑電話，約是九點十五分。買完餐後便沒有耽誤，在接近九點三十分時到達了旅館房間門外。

由於旅館老闆隨哲倫上樓前，謹慎地先鎖上了一樓旅館大門，所以支援警力在封鎖建築的前後，皆無閒雜人進出。而發現屍體的兩人，期間也與老闆一同守在房間外，確保了現場不被它人破壞。

「所以，事發時間就是九點十五分到九點半這期間……」慶頓了頓鉛筆，若有所思。

「唉，才短短十五分鐘，就發生了這種事，如果我們早點到的話……」阿雄悶嘆了口氣。哲倫明白他的心情，賣愛心筆的至少耽誤了他們五分鐘的時間。

「那其他的住宿房客呢，聽到槍聲後，怎麼都沒人先報警？」Tina不解提出。

「經旅館老闆確認，今晚除了案發房間301，只有另外兩間房有住客。一間是203，一間則是同層的307。目前都留在各自房間，等候進一步的筆錄。不過早先在其他員警口頭詢問時，皆說整晚都是煙火和砲竹聲，就算是聽見槍響也不會特別注意到……」慶翻閱著手上剛收到的資料。

「嘿啊，今天是太子元帥聖誕千秋，附近的宮廟很熱鬧，從晚上六點開始到凌晨都有慶典活動。」旅館老闆插嘴道。

「什麼聖誕節？現在都還沒十二月。」Tina眨眼，一頭霧水冒。

「太子元帥聖誕啊，就是三太子生日啦。」老闆解釋，略帶神氣。

Tina仍臉帶疑惑，像是聽見了外星語。慶彎下腰在她耳邊悄聲，大概是在做更進一步的解釋。哲倫猜想Tina去美國受訓前，很有可能就是在國外長大的有錢人家千金。除了傲慢的舉止，口音也有些微妙。

「她其實也沒多厲害嘛，連三太子生日和聖誕老人生日都分不清楚……」阿雄趁對方交頭接耳時，不以為然地擠眉。雖然理應聽從刑事局指揮，不過對方絲毫不給人面子的態度，仍讓人反感。哲倫點頭表示認同，但隨後意識到，聖誕節好像不是聖誕老人的生日。

2.5

待鑑識人員完成基本的現場搜查後，哲倫與阿雄隨著Tina和慶的腳步回到了案發房間內。他們沒有主導權，不過由於死者為本應負責保護的證人和兩位同僚，怎樣都無法置身事外。旅館301房內，屍體姿勢和物件陳設都與剛見到的一樣，除了可疑物證已改用號碼牌標示了其位置。

「房門鎖無破壞或撬痕的跡象，除了旅館負責人身上的備用鑰匙，唯一可開門和上鎖的鑰匙在死者陳姓員警口袋內發現……三名死者都是因頭部槍傷斃命，並無屍體移動痕跡……陳姓員警左側太陽穴中槍，由右側貫穿，判斷為接觸性槍傷。江姓員警左前胸和額頭正面中槍，彈頭皆未貫穿。林姓證人同為額頭正面中槍，彈頭未貫穿……現場地上共有四枚9mm已擊發彈殼，而陳姓員警手邊落下的9mm制式手槍，經確認彈夾內短少四枚子彈。江姓員警的配槍則仍在腰間槍套內，沒有擊發過的跡象……」慶邊整理，邊念出手邊字體繁密的報告資料。「因為老江是以背朝上的臥姿死亡，剛才哲倫與阿雄皆沒發現到他胸前還有一個彈孔，以為三人都只有頭上的一槍。」

「嗯，左撇子。」Tina蹲下戴上手套後，捏起陳桑長繭的左中指。

「是的……所以，他是自殺嗎？」哲倫尷尬問道。雖然他們偵辦兇殺案的經驗很少，不過目前聽起來，感覺就像是陳桑失心瘋，陸續殺了老江和林秘書長後，朝自己腦上補了槍。剛才門外與阿雄也討論過，做出了這樣大致的結論。

「那個，陳桑最近與老婆吵得很厲害……」阿雄想起。雖然是死者自己的家務事，卻有可能是眼前兇案的導火線。

「吵什麼？」Tina抬起眼神。

「吵架。」阿雄反射性地回答。

「好像是關於他外遇的事，鬧得快離婚了。」哲倫趕緊補充。

「誰問這個？我是說你們倆在那吵什麼……」她向後斜瞪，像是隻表情陰沉的臭臉貓。未等慶比起手指友善提示，兩人便已識相地噤聲。雖然才第一天見到Tina，但他們都已明白對方應非吃素的。稍不留意，就很有可能和魯大一樣，被轟出現場。

「兩位遇害員警的皮夾、手機都在各自身上的外套內，檢視通話記錄後，就如員警姚哲倫所敘述，陳姓死者最後撥出給他的時間是在九點十五分，而江姓死者則未接在九點三十一分的來電。兩人更早的通聯都在中午之前，目前在過濾通話對象中是否有可疑……」為打圓場，慶很快接續著報告。

「這次證人的祕密保護場所，有誰知道？」Tina提問。

哲倫和阿雄對看了眼，不知道是否該回答。

「喂！問你們呢。」她又瞪了眼，但這次是像表情不耐的臭臉貓。

「呃，應該就只有我們四個負責證人保護的員警……還有剛您見過的魯小隊長。」直到見到慶輕輕點頭，哲倫才敢開口。

「另外除了屍體上，林姓死者身邊的實木床頭板也有發現一處彈孔，約十公分深，挖出的彈頭仍完整。」慶翻過下一頁物證記錄念著。檢視完兩具員警屍體後，Tina朝他說的彈孔處走去。

「這樣算起來，還有一枚彈殼沒找到？現在只找到四枚，但死者們身上……加起來就已經有四處槍傷了，加上床板這發，當時至少開了五槍吧。」阿雄掐起指頭默默計算著。

「不過剛報告裡說，陳桑的配槍就只開了四槍……從他們位置看來，彈出房外的機率很低吧。」哲倫打量著陳屍處與窗戶的距離。

「難道多的那槍是老江反擊的？」阿雄靈感乍現。

「報告不是也說了，老江配槍沒使用過跡象嗎……」

「不然就是……陳桑在開完四槍喔，又多補了一顆子彈回彈夾？」

「他為什麼要做那麼莫名其妙的事？彈夾裡還那麼多子彈。」哲倫並不認同。

「因為……那顆子彈對他或許有什麼重大意義吧，所以特地裝上來結束自己生命。」

「這還是沒解釋彈殼少一枚的事啊……」

「還是說……」阿雄苦思著。

「嘖，阿呆喔你們。」檢查完床板彈痕後的Tina走回，簡單明瞭地表示了自己的看法。與小朋友們爭論到最後就會開始人身攻擊的情況不同，她的意見很明顯地不容哲倫和阿雄置疑。

「……她的意思是，其中一顆子彈貫穿了死者頭部，造成現場另一個著彈點，所以理論上四槍是沒錯的。」望著啞然無聲的兩人，慶替Tina解釋道。

「不對，理論上兇手要殺這三個人，三槍就可以做到。」Tina淡淡搖了頭。

「兇手要殺這三個人……？等等，Tina妳的意思是，已排除陳姓員警持槍殺害另兩人後，再自殺的可能性了嗎？」聽到這，身為副手的刑警有些吃驚，更別提第一次見到她辦案、目瞪口呆的哲倫與阿雄。

「是啊，不然咧。」她似乎覺得對方的反問更奇怪。

「唔……」慶沒說出口，不過很顯然和哲掄剛才的提問一樣，覺得有殺人後再自戕的可能性。

「合理排除其它額頭上精準致命的兩發彈孔後，實木床頭板上的那發鑲入深度，深達十公分，也不可能是在穿過陳姓死者頭骨後造成的。那麼因貫穿造成的意外槍痕，最可能的就是江姓死左前胸裡的槍痕……啊，原來如此。」分析現場證據後，慶終於追上了Tina思維。

「……這就代表了兇手另有他人嗎？」哲倫半舉著手發問。雖逐步聽了慶的推論，不過仍未理出相同的結論。

「嗯，似乎是這樣的。如果是陳姓員警所為，他必須先槍殺沙發右座的江姓員警，再殺床上的林姓秘書長，之後走經過江姓員警屍體，拉起中間布簾，坐回沙發左側座位上，用極不自然的角度斜著頭，自殺的那顆子彈，才有可能貫穿太陽穴打中當時已跌臥在地上的江姓員警屍體。但就算以上不合理的動作都成立，那發子彈也無法打中江姓員警胸口，而是背後才是。」見Tina即將露出白眼，慶及時解釋道。

不虧是菁英……驚訝後，哲倫在心裡佩服著。先不論那跳躍思考的隊長Tina像是個異類，分為副手的慶也遠早在他之前就分析完線索。他在分局裡已自認腦袋算比較靈光的，不過比起他們，推理速度根本就是如烏龜和汽車般的天壤之別。而仍未回過神的阿雄，這結論更像是憑空出現。彷彿在站牌前等著上公車，只是低頭撿了一下零錢，抬起卻發現公車已駛離剩下一個縮影的隔世感。

「所以兇手……首先搶奪到陳桑的配槍，貼著他太陽穴開槍，貫穿打到沙發右座的老江胸口。老江忍痛準備起身反擊時，額頭便又中槍倒地。床上的林秘書長查覺不妙，起身想躲避，所以兇手第一槍打歪，射中了床頭板，第二槍才命中對方……最後兇手把槍放回已死的陳桑手旁，想造成自殺的假象？」哲倫試著整理結論，語氣滿是學生望著老師回答的謹慎感。

「……」Tina瞇著眼沒有回話，像是正思考什麼。慶也不方便說些什麼，只是蹲下重新檢視死者屍體。

「唔，竟然是這款槍套啊……不常見人用呢。」慶注意到陳桑腰際的扭轉式防搶槍套。許多員警會覺得公發槍套不合用，而自掏腰包購買一件順手的。但慶口裡的不常見，並不是指不容易買到；這款防搶槍套其實設計不良，配戴者自己在解鎖時，手指很容易卡住，無法順利拔槍。通常試用過的同事，都不會把它列入考慮。

「我們分局裡其實還蠻多人用的……」哲倫小聲地承認。這款設計上的缺陷大家都明白，不過就是因為連配槍者都不易拔槍，奪槍者也同樣地更難成功，單以防搶功能來考慮是很好的選擇。畢竟拔槍不順手事小，配槍被搶才是件大事。出口後，哲倫便意識到，兇嫌要在陳桑執勤時奪槍絕對不是一件簡單的事。

「等一下，如果真的有殺手，他是怎麼偷摸進來的？我們不可能主動開門讓其他人進房，鑰匙也一直都在值班刑警身上，不會離開房間啊。」阿雄突然意識到。

「目前看起來，唯一開放的進出口就是這道窗戶。」慶走向電視旁的那扇窗，探出頭觀察，不過一時似乎沒見到可疑的線索。四周沒有能供攀爬的支點，與對巷的建築物之間也有兩面錯綜的高壓電線。

「這層是頂樓，要不要去天台看一下？」哲倫思索後提議。如果說有什麼辦法能闖進這密室，從頂樓攀進窗戶是一個可能。慶點頭表示認同。

「這是什麼？」不知什麼時候，Tina已打開微波爐下的小冰箱，拿出瓶深藍色塑罐的飲料。裡面還有數罐同樣包裝的飲料。

「……咖啡啊。」突然出現一個簡單的問題，阿雄不確定地回答道，擔心話中有陷阱。她手上的瓶裝咖啡，是便利商店裡常見的飲料。通常一次買兩瓶有特價，有時搭麵包也有不錯的折扣。雖然白天會補眠，不過這幾天他與哲倫晚上輪值時仍需要靠它提神。

「喔，真好玩，咖啡也有這樣裝的。」眼露好奇的Tina，將咖啡把玩在掌裡。其實瓶身上『火山咖啡』的幾個大字寫得再清楚不過，哲倫懷疑對方除了沒進過超商，中文搞不好也沒認識幾個。只是若真是這樣，究竟如何通過升等考試便是另外一個謎。

「Tina……」慶回頭注意到，卻來不及阻止了。

將瓶蓋扭開後，Tina喝起了現場應為證物的瓶裝咖啡。一大口後，打了個嗝。

2.6

剛才留在走廊上不敢進入命案現場的旅館老闆，在要求下，領著刑警四人開了上天台的鐵門。

「唉，沒什麼好看的啦，平常又不會有人上去。」即使已經到了鐵門前，他還是忍不住碎念。哲倫覺得這話好像有語病，今晚出了三條人命，怎麼想都不是平常吧？或是說，這其實就是旅館老闆的日常，來住宿的人死在房內是常有的事？

鐵門沒有上鎖，雖然拉條生鏽得很嚴重，不過並不需要多少功夫就解開了。凌晨三點多的時間，天台上冷颼得寂靜。如果在午夜前上來，附近廟宇的慶典還未結束時，空中應該可以清楚看見熱鬧的煙火。

「這是……?!」率先踩上樓頂的慶，馬上就發現了情況並不如老闆所說的。天台上很空曠，除了兩座陳舊的水泥蓄水塔，只有些飛散的垃圾。不過相當可疑的是，一串盤起的繩子，尾端正結實綁在兩水塔間相連的塑膠水管上。水管直徑約有十公分粗，應該是用來快速平衡水塔間水位用的。

「繩子很新，我想應該是剛綁上的。」哲倫蹲前查看。地上這串藍色深淺相間的粗繩，並沒有染上灰塵。而且前天有下雨，一點都沒有潮溼過的痕跡。

「嗯，這是登山用的繩索。」慶也很快的判斷到。

「從這……可以看見我們那房間的窗戶。」阿雄趴在屋簷邊，小心地朝下窺望。房內的燈光透出窗，隱約還可以聽見電視的聲音，約莫有五公尺的距離。

拉起盤著的繩子，他們發現長度比意料中的要短上許多。不過試著扔下後，卻剛好垂落在301房窗戶的下沿旁。如果真是兇手所留下，那很有可能是為了避免引起注意，而特地裁短。為了確認曾有人在頂樓使用過繩索降下，慶抽出西裝襯衫口袋內的手電筒，仔細檢視周遭邊緣的磚塊。LED的手電筒雖輕巧，強光直射處的細節卻比白日下還顯得清晰。一般垂降時，會在轉角的支撐點留下繩子的擦痕，不過找了一陣子，慶仍沒找到相關佐證。

「如果事先在邊緣墊上一層外套或紙箱，或許可以不留下痕跡？」哲倫明白慶的用意，想到了一個可能性。

「的確是。」側首思考後，慶點頭認同。頂樓的磚塊雖然已有些年歲，不過如果能平均受力，且攀爬者和緩下降，的確有機會不造成破壞。

「慶，你覺得這繩子可以稱住多少重量？」待眾人正以為達成共識時，Tina突然問道。

「就算是一百公斤的男人也應該沒問題，登山繩會考量到墜下時的重力加速度，所以拉力很強韌。」他肯定地回答。

「那好，你抓著繩子爬下去。」

「呃……現在嗎？」一身挺拔西裝的慶楞住，現場既沒有防滑手套，也沒有安全鉤環。

「當然，你不是說過小時候就想進霹靂小組？」

「但就只是小時候想想而已啊……」

「那就別想，做就對了。」Tina一臉認真，沒有在開玩笑的樣子。

「是啊，越想會越害怕的。」阿雄幫腔道。

「加油。」哲倫也出聲鼓勵。他們都很明白，如果慶不做，那這工作很可能就會落到自己身上。從這到地面約十五公尺的距離，雖說高不高，但要摔死或殘廢並不是太困難的事情。除此，這也說明在Tina手下做事，除了腦筋要跟得上，也必須具備膽識。

「怎麼那麼婆媽你……」Tina等得不耐煩，一腳踩上綁著繩子的水塔塑膠管時，表情忽出現變化。看似厚實的塑膠水管，其實已經脆化，稍微施力一踩，就破了個窟窿。所幸水閥是關上的，塔內的水並沒有潰堤。她見狀，再次朝水管輕踢了幾腳，頓時膠片四飛。前一刻還以為堅不可摧的粗管，沒一會功夫就變成了斷壁殘桓。

「喂，妳幹嘛，要賠錢的啊！」原先在鐵門旁不關己事的旅館老闆，見對方打地鼠般的鬧舉，急想上前阻止。哲倫及時攔住，沒讓他打亂調查。早先在走廊，得知自己的旅館被警方當成證人保護場所卻死了人時，老闆就很擔心會影響日後生意，直對魯大嚷著要申請國賠。不過哲倫與阿雄倒不這麼認為，畢竟這家旅館的人氣本來就門可羅雀。反是總有人喜歡新鮮和刺激，如果以特色凶房的噱頭來宣傳，搞不好會受歡迎。

完全沒有在意老闆的抗議似，直到確定沒有一處是結實的，Tina才停下腳。原本確實綁繞在水管上的繩結，早隨著塑膠碎片散落在地。刑警們對這發現感到意外，不過慶很明顯是最震驚的那一位。可以說是撿回一條命的他，即使是近一米九的身軀，也有點感到腳軟。

「不要說是成年人了，這根本連十公斤的三歲小孩都撐不住。」Tina望著地上癱軟的繩索。

「換句話說……兇手不是用這樣爬進窗戶的？」哲倫直覺地認為。當然從窗內進房行兇的可能性還沒有完全排除，或許還有平常人沒能察覺到的詭計可以達成。

「啊，我記得看過類似的例子，提到了一種簡單就能爬進窗裡的可能性。」阿雄突然靈光一現。

「什麼可能性？」

「就是兇手……其實是隻身手矯健的猩猩。」

Tina和慶面無表情地聽著。雖然身為同僚，但哲倫也沒打算附議。最近新聞並沒有提到市區內有走失的動物，而且就算有，是在哪裡練成的槍法呢？他覺得這個世界上，應該還沒有一隻猩猩能在短時間內，奪下刑警的配槍，並流暢地擊斃三個人。

「這個，是密室殺人事件！」眾人身後的老闆，突然喊道。他以前看日本推理劇時，就覺得喊出這句話的偵探很有男子漢氣概。原以為自己一生就這樣默默無名地守在旅館櫃檯，沒想到竟然也會有這種表現的機會。

「對了，你到底是誰啊？從剛剛就一直在了。」Tina皺起眉頭，才意識到。

「他是這家旅館的老闆。」慶提醒。

「喔，這樣……剛他們說，案發現場的房門是用備用鑰匙開的，你都隨身帶著？」

「是啊，就只有我身上這一副，洗澡時才會離開我視線。」

「那你最後一次洗澡的時間是？」慶提問確認。

「唔……大概是四天前吧。」老闆回想後答道。刑警們聽見後，下意識地退離了對方一步。

「那這就不是密室殺人，而且最有可能犯案的，就是你！」Tina舉起手指，打破沉靜。

「胡說八道，我可是旅館老闆啊！」他理直氣壯地喊道。仔細想想，就可以發現這辯解沒什麼說服力。

「就算如此，也有可能是為了掩人耳目，你實際的身分……其實是綽號叫索命不倒翁之類的職業殺手吧！」Tina反駁，但與其說是推理，更像是抹黑。

「不好意思，我們可能需要你一份更詳細的筆錄。」看不下去的慶，終於介入，領著老闆下樓。他明白Tina不能忍受有人在她面前出風頭，這種針對只是單純地心生不滿。

哲倫也大概看出情況。不過說起來，證人保護計畫是三天前才開始，這代表了期間內沒有機會能取得鑰匙複製。即使老闆在櫃檯內有很長的時間在打瞌睡，要不驚動對方取下他皮帶上鑰匙，仍有相當的困難度。所以從目前案情分析，最有機會進入房內犯案的兇手，還真的是旅館老闆……

2.7

請蒐證組上頂樓查看有否其他忽略的細節後，慶讓底下的刑警替旅館老闆再做一次筆錄。Tina倒像是忘了這位嫌疑犯一樣，邊打哈欠，邊隨著慶前往其他房間問話。頂樓的繩索目前尚未能斷定與兇殺案有直接連結，不過是誰留下，又為什麼留下，仍顯得相當可疑。雖然沒有被要求同行，哲倫和阿雄也跟上了。偵辦大案的經驗或許有限，但兩人感到有義務和責任協助調查。

第一間，是同層樓的307房。開門的是一位二十多歲的輕浮男子。赤紅挑染的雜髮，抓塗了很多髮膠，像是隻紅色的刺蝟似。他半掩著門，不耐煩的神情。

「不好意思，宋先生嗎？我們有些問題想請教一下。」慶手持著同事們稍早的詢問記錄。

「煩耶，剛不是來過了？」對方一臉躁氣。

「同房的還有一位林小姐是嗎？」慶沒有在意他的態度，記錄裡註明了房內的兩位客人於今天下午三點投宿。

宋姓房客沒應話，只是不悅地把門更打了開些，床上有個打扮俏麗的年輕女生正盤腿盯著手機。她注意到門射進的光線，抬頭望了一眼，姣好的五官裡透著麻雀般的機靈。若不是這個舉動，只從她白皙的脖子和染成如稻黃的金色長髮判斷，很容易讓人以為是個外國人。

「啊。」Tina探見那女生時，忽然輕呼，但三位男刑警不明所以。

「……那件衣服，蠻好看的。」她注意到對方上身的Moiselle白紗短裙洋裝，雖然搭配著尋常的牛仔褲，卻很有味道。很少有女生會把這牌子穿得那麼休閒，因為並不是太便宜。哲倫怔後，意外Tina沒繼續喊道『我要了，給我脫下』這之類的跋扈要求。

「請問兩位，今晚稍早時有注意到什麼不尋常的事情或人嗎？」慶用房內也能聽見的音量，接續詢問。

「沒有。」男方冷漠答道，女方則是看回手機上的影片，連回話的打算都沒有。

「聲音呢？」

「廢話，聲音當然有啊，整晚鞭炮乒乒砰砰地吵死了，蓋著枕頭才好不容易能睡。」

「那麼早就睡啊？」阿雄插問著。

「早睡犯法喔。」

「林小姐也都沒聽見什麼異聲嗎？」見男方的配合度低，慶稍微提高了聲音，想引起裡頭女房客注意。床上的女生反射性地看向慶，但在門旁男伴轉回頭前，便又一言未發地將視線放回影片上，彷彿一切都事不關己。

沒能獲得任何有用的線索，眾人離開了３０７房。他們對剛才房客的態度並不意外，許多人就算沒犯罪，對警察也是不抱著好感。反倒是懂事故的黑道份子，在警方有事詢問時會特別客氣，好像是朋友聊天般地隨和。

「你注意到了嗎？那女的。」走廊上，阿雄用手肘推了推哲倫。
「是啊，很不愛說話。」
「不是，我是說，她才十六歲啊……太早和男人混了吧。」
即使站在同一點觀察，但每個人的目光角度都不同。阿雄剛站在慶的左側，所以筆錄上的個資看得很仔細。方才並沒有盤詢對方來旅館的住宿理由，因為這問題就像問去餐館的人要去做什麼一樣多餘。哲倫並沒有察覺到她的年紀那麼輕，畢竟不論是十六歲或是三十六歲，只要化了妝都可以像是二十六歲。一行人的調查節奏並沒有停下；攜未成年少女投宿，雖涉及違反童少性交易防制條例和妨害風化罪，但在眼前三條命案的調查壓力下，自然地被忽視了。平常自助餐排骨都是挑大塊夾的阿雄，當然也懂辨案的大小緩急，不過仍難免在意。
而接下來的203房，則出現了意外收獲。房門才剛開，裡頭的魁梧房客一見到哲倫與阿雄，立刻臉色一變。他慌張地衝撞開走廊上的刑警們，試圖逃離，卻好死不死挨近慶的胸前，被一個浮腰重重甩到地上。連哀號都來不及，就兩眼翻白地失去了意識。
慶在反射性的動作後，才露出疑惑表情，不明白對方突來的舉動為何故。哲倫與阿雄事先也沒任何預期，可是臉上多了分驚喜，因為慶幫了他們一個大忙。對方是讓他們分局頭痛已久的麻煩份子，除了身為慣竊，還總是惡劣地在受害者家中隨地大小便，局內給他取了個『便便人』的綽號。一年前就是被哲倫和阿雄所逮捕，不過最近出獄後，因為毒癮難戒，再次重操舊業連續闖了好幾家的空門……且犯案習慣依舊，為他們分局目前的重點偵查目標。

這棟不起眼的旅館，彷如市區內陰蔽的一角，隱藏了各種未察覺的黑暗，見不了光。每扇門開啟後，就像是污水中撈垃圾般，淘起前不會知道網子裡會見到什麼。阿雄立刻將地上毫無反擊能力的便便人上銬，感到一振。這種永遠不會被Tina和慶記錄在筆記本內的小案，對他們來說卻是大案子。對方在早先問話時用了假名，如果沒當場撞見，不知道還要花多少功夫去追緝。

雖然對方是已知的罪犯，卻貌似和今晚的兇殺案無關。便便人為慣竊，不過犯案時都採砸窗撬門的強行破壞手法，未經詳細策劃。加上他在市長受賄案爆發前就入宿，已藏匿了一個禮拜之久，所以幾乎可以排除他為被雇用來滅口的殺手。

「咦，Tina！妳沒事吧？」慶回神，發現她竟不省人事地癱坐在２０３房門邊。哲倫和阿雄也緊張起來。剛才的逮捕雖一聲重響地瞬間結束，卻沒注意是否有波及到Tina。

慶蹲下查看，不過在Tina泛起一陣打呼聲後，鬆了一口氣。似乎……只是單純地睡著了。凌晨近四點，她不知道夢到了什麼，闔著眼憨笑。

2.8

第一階段的現場調查，在領頭的偵查隊長睡著後，開始收隊。慶淡定地揹著Tina進了電梯下樓，好像他背後原本就是指揮艇該停放的位置。下屬的隊員們雖面露奇怪，卻也沒人詢問；他們之間瀰漫了一種彷彿見到國王新衣、誰先開口誰就是笨蛋的氣氛。

旅館門口的偵防廂型車逐漸駛離，只剩下部分收尾的人員。而阿雄和分局的制服員警架著便人，也先行帶回局裡偵問。時間即將破曉，哲倫獨自步出旅館，內心卻沒有迎接曙光的期待。兇殺案之後的調查工作就與他無關了，那是一種失去目標感的茫然。正當想起魯大是否也早就走人，哲倫突在轉過側巷時看見他的背影。

「……白痴啊，什麼人死了就好！不是交代了十二點才動手嗎?!」魯大持著手機怒罵著，但意識到附近可能有人，望了望後隨即壓低聲量。及時貼回牆壁的哲倫，雖然沒讓魯大發現，卻感到一股從下而上的寒顫。

那對話內容，是什麼意思……？而打給他的人，究竟又是誰？魯大的聲音已聽不見，不過仍迴盪在腦裡。冒出冷汗的他一時難以釐清思緒，但如果直覺正確的話，今晚命喪旅館的人，或許應該要是阿雄和自己。

3.1

茫然中輕晃著鞦韆，怡萱自己也不知道是什麼時候走進了這座小學。深夜下的操場見不到印象裡的喧鬧，雖然拖鞋膠底還摩擦著地面，但感覺這世界上已經沒有能容她立足的地方了。當冷風不再刮痛臉頰時，怡萱意識到剛一直停不下的眼淚終於乾了。

視線才剛從朦朧中恢復，就見到一抹影子逐漸從操場的另一頭接近自己。影子越走越近，直到被對方手裡的手電筒刺得睜不開眼睛。

「小妹妹，怎麼大半夜還一個人在這裡玩啊？」影子發出了疑惑。怡萱稍避開了照在臉上的光線，見到對方身上學校駐警的制服和帽子，是位老伯的身影。

「……」怡萱動了動乾裂的嘴唇，但答不出任何話。

「快回家睡覺，妳爸爸媽媽知道妳跑出來嗎？」

她潛意識地搖了搖頭。其實並不是回應著對方的問題，而是不想再被提醒到自己已經無家可歸、沒有父母的事實。

「這樣不行吶，和家裡鬧脾氣嗎？」駐警語重心長地嘆了聲，從額頭的皺紋看起應該是已經能當怡萱祖父的年紀。

「那麼晚外面很危險啊……唉，還是我打電話讓人來接妳吧，家裡電話幾號呢？」等了一陣沒見回應，他逕自掏出腰帶上的傳統手機，殊不知這舉動如警鈴般地觸動了怡萱的神經。

好不容易才平靜下來的情緒，瞬時又牽起了早先的委屈和羞憤。不想再與那個家有任何連結的怡萱，如驚弓之鳥地倉促逃開鞦韆，扔下還反應不過來的駐警。

「喂，妳要跑去哪裡啊?!」才回過神的駐警老伯喊道，見怡萱漸遠奔離的背影。他察覺事態的嚴重性升級了，原本半夜遊盪的少女弄不好就會變成逃家吧。即使不會有人追究，但他明白校園治安是自己的責任。比如上禮拜那件事就處理得很好；兩個醉漢半夜試圖想把重達幾百公斤的孔子銅像徒手搬走，雖然就算不阻止，他們應該也搬不動，但他還是成功阻止了他們。抱著這樣的信念，駐警提起手電筒就朝怡萱的方向追去。

最接近操場的一棟校舍是低年級的教室。已跑上走廊的怡萱原本想躲上二樓，但樓梯鐵門擋住了去路，讓她只得一路朝前奔去。她凍壞的雙腳沒知覺地跑著，與後頭追趕的燈光距離逐漸被拉近。怡萱明白就算再跑，她也到達不了任何地方，但就是害怕被拖回那沒有感情的黑洞裡。

拖鞋奔踩在走廊上傳出了無盡的啪躂迴響，似乎只要稍有停滯，就會被緊追的皮鞋聲趕上。就當怡萱快要放棄時，突然見到眼前不遠有另一個人影。瞬間還以為是駐警老伯前來支援的搭檔，但稍微細看，就明白那人影屬於一位與她年紀相仿的女孩子。對方很明顯地不知道發生了什麼事，與怡萱面面相覷後，見到後頭逼近的燈光，也受驚地跑了起來。兩個女孩並肩在走廊上奔起，像是約定好地似。

這場追逐除了意志力，體力也扮演著重要的角色。駐警老伯雖然沒停下腳步過，但漸漸地接不上節奏，與前頭兩人的距離漸拉越遠。在經過一個轉角後，剛出現的女孩機靈地推開手邊一間教室的後門，鑽了進去。怡萱反射性地隨著她，一同躲藏了起來。兩人縮在窗戶下，壓低著起伏的喘氣聲。外頭隨後而至的追趕聲和燈光，並沒有注意到教室內的兩個女孩，仍持續向前邁去。過了一會，外面的動靜終於融回了寂靜的黑夜裡。

怡萱伸頭從窗戶看出去，確定沒有被發現的風險後，才安心地放攤兩腳。她注意到身邊的女孩仍喘著大氣，臉色有些蒼白。

「妳還好嗎？」怡萱關切道。

對方點了點頭，似乎還說不出話。不知道是否打扮的緣故，怡萱這時才察覺她或許比自己大幾歲。稍施妝容的她有著白皙精緻的五官，身上的時尚衣著也托顯起更成熟不同的氣質。好漂亮……這是怡萱最直接的想法。與著著樸實學校運動衫的自己比起，對方就像是要去參加舞會的公主般耀眼。

兩人從緊張的氣氛鬆下肩膀後，對望了一陣，不自覺地同時笑起。

「謝謝妳。」怡萱道謝。或許對方並未刻意，但如果不是她領著自己，剛才或許早就被逮到了。身旁的女孩未答話，只是眨了眨眼，似乎在思考著什麼，隨後從手提包裡拿出了一本冊子寫起字。那粉藍色的冊子像是日記本，封面典雅的銀邊圖案有些許退色。

『剛才追妳的是什麼人？』冊上寫下了這樣的問句。

望著對方舉動，怡萱有些困惑。她們在教室內的交談聲，怎麼樣都應該不會被外頭聽見，為什麼要這樣地小心翼翼？

「……應該是學校的警衛吧。」見她認真的表情，怡萱還是回答了。

眼前的女孩聽後，更感到如釋重負般，輕吹了口氣。

「我叫做怡萱，妳呢？」怡萱有些不好意思地自介道。

『小薇』她仍是沒開口，動筆回應道。

怡萱望著稱做『小薇』女孩手中的日記本，注意到同一頁面上，除了剛才寫下的字句，還有著與其他字跡筆談的內容。她突然意識到，小薇一直未說話的緣故。

3.2

怡萱再次轉頭看進女廁時，小薇正拎著提包和毛巾走出來。方才小薇在裡面洗澡時，她一直在門口旁看守。原來小薇半夜跑進這所小學的目的，就是為了想洗澡。但說是洗澡，其實也就是用濕毛巾擦拭身體而已。

『水很冷吧？』怡萱在日記本上寫下問道。

『蠻冷的，換妳洗，我把風？』洗完臉後的小薇，氣質中透著清新。

『我不用啦。』在這種天氣裡要用冷水洗澡，怡萱光是想像就快打了冷顫。

『聰明！水其實不是冷，是冰。』小薇回應寫後下，兩人又同時再次笑起。

怡萱望著小薇綻放的笑靨，心情不知不覺地被感染。她與之前所認識的同學都不同，有一種讓人放鬆的特質，好比帶著柔光的暖陽。在得知她從小聾啞後，怡萱感到很驚訝，但並不是因為那際遇，而是驚訝這際遇並未在她身上留下任何陰霾。怡萱不禁連想起小時候那位幻想出來的好朋友、那位住在雲裡的公主。

『我有過夜的地方，一起回去？』正當怡萱不捨想著如何道別時，小薇如感應到她煩惱似地邀請。

彷彿是一種共識，彼此都沒有過問對方為什麼不回家，或是發生了什麼事。怡萱輕點了頭，在猶豫前就下了決定。

4.1

「你好，我們這邊是刑事組偵查隊，有些事想要……」辦公桌前的慶在對方接起電話後，一本正經地準備說明來電目的。但對方只是罵了聲髒話，便掛上了話筒。

看樣子又被當成詐騙集團了……慶無奈感嘆。世風日下，人與人的互信薄弱，像這樣話都還沒說完就被掛電話的情形，最近越來越常見。不過往好的地方想，就是民眾對於詐騙的警覺性上升了。

慶望了一眼桌上與女友的合照後，決定再次重撥。這電話號碼是輾轉經過捷運局、廣告代理商，才好不容易問到的製作公司聯絡方式。對於破案有幫助的線索，不論如何都得追根究柢地去調查才行。

「先生，等等，先聽我說！我這邊只是有一件事要請教一下！」再次撥通時，慶趕緊開門見山地解釋道。電話的另一頭猶豫了一會，但總算是暫時願意聆聽了。

「你們公司之前製作的一個平面廣告……就是現在有登在捷運站那張海報……對、對，就是背景紅色，有個女生頭髮翹起來的那個廣告……我想請問一下，她手裡的那個可麗餅，是在哪家店買的呢？」慶忐忑地問道。對方又沉默了，似乎是準備掛上電話。

慶幸的，或許對方感到了來電者的誠意，耐著性子開始溝通了。但可惜的是，當天準備道具的拍攝助理目前正放假在日本遊玩，公司內沒有其他人知道那可麗餅是哪家店買的。

遺憾道謝後，慶留下了聯絡方式，請對方得知後務必來電。若上網搜尋，並不難找到賣可麗餅的店家，可是卻沒一家有販賣如那照片裡的口味。海報上的可麗餅內餡除了尋常的切片草莓和鮮奶油，更多了一大卷沁心滑透的粉條；皮脆餡飽滿的模樣，看起來頗美味。慶默默望著隊長Tina空置的座位；案發隔天早上經過捷運站外時，她見到了那張廣告裡的可麗餅。

「看起來好好吃……慶，去查一下哪一家店賣的，快。」Tina當時在手機裡這樣嚷著，然後就回家沒來上班了。外人都無法理解這邏輯，但當她副手的這幾年，慶學得很快。當一種極度強烈的需求不能被滿足時，生物會切斷正常的行為模式、忽略既有的生存經驗和天賦責任。通常人類在社會教養和框架下，會學習到克制這種衝動的能力，但Tina很明顯地不屬於通常人類。

不過即使隊長耍性子，旅館密室命案的偵查工作仍得進行。慶重新翻閱一次早上拿到的彈道鑑識報告。現場彈頭雖多數都嚴重變形，不過射進床頭木板內的那顆狀況較好，能順利進行彈道比對，而且沒意外地，與死亡的陳姓員警配槍相符。慶陷入沉思。最可疑的旅館頂樓，除了當夜就注意到的繩索等事證外，並沒有新的線索發現。雖然Tina推翻了陳姓員警槍殺其他兩人再自殺的可能性，但先不研究這外來嫌犯是如何進入房間，光是要成功奪取配槍就已經不是一件簡單的事了……

「副隊！飲料的化驗拿到了。」慶聽見聲音抬頭，隊上一位態度認真的男同事拾著剛出爐的報告出現在眼前。從他呼吸略喘的樣子看來，應該是小跑著進辦公室的。

「喔，感謝。」慶點頭示意，接過當晚旅館房間冰箱內的瓶裝咖啡化驗結果。對於這件事他相當在意，所以特地麻煩了下屬去拜託化驗室趕進度。Tina的任性雖然已經到了一個極致，不過像偵查當晚到一半就睡倒在旅館走廊的事情，卻從來都沒有發生過。

翻開報告後，慶頓時感到案情似乎明朗了一些。冰箱裡的咖啡，全都被注射了重劑量的安眠藥……這樣說來，兩位員警在被槍殺前就已經昏迷了嗎？慶推敲著，只要等稍後的驗屍報告確認，一半的疑惑就可以迎刃而解了。

5.1

杰爵趕到網咖時，仍有點氣喘，因為與女孩相約的時間，已經遲了快一整天。網咖大廳近百個座位，眼前只有四、五個或睡或醒的客人，與十多年前一位難求的盛況比起來，明顯冷清很多。不過事實上，這家店的生意在同行間已經算是較好的。市內原本有二十多家網咖，目前仍在營業的，只剩下三家而已。但即使榮景不再，這家網咖內仍瀰漫著陳年累積下來的煙味和食物味，彷彿一閉上眼，就可以感受到當年座無虛席的熱鬧。

相較於開放式的外廳，這家網咖也有數間獨立式的包廂。包廂內除了半隱密的私人空間，最大的不同，就是有張可供休息的雙人沙發椅。許多包廂客人其實完全沒有使用電腦的需求；他們光顧的理由，單純是想找個能過夜的廉價住宿，例如杰爵和女孩這樣身上沒多餘錢的年輕人。大前天一起開了最角落的包廂後，杰爵便先行離開。

最多就兩天，事情辦妥就會馬上回來……三日前，杰爵臨走這樣對女孩打了包票。到時，他一定會帶著她遠離這一切。為以防萬一，他交代了女孩盡量不要離開網咖，以免遇上那些人。但太多的事情無法預料，放著她護照的櫃子被上了鎖，費了一番功夫才找到工具撬開。而說好的報酬也被擺了一道，還以為收款的方式萬無一失，不過對方並未如他指定地將錢袋從火車上扔下。

隔日溝通換了地點後，對方仍讓他在鐵軌旁白等了一個下午。

分離的焦慮，在搭火車回來的途中強烈湧上。他相信女孩也很不安，原本彼此依靠的寧靜，在這距離下突然聽不著了。像是不懂得游泳的人，划著搖擺的小船到湖心後，才發現救生衣仍擱在岸邊。所幸在被惶悸淹沒前，杰爵終於趕回到網咖。

只是最後一間的包廂門簾掀起後，事情有些不對勁。

包廂的號碼沒錯，不過坐在裡面的是位垢髮的肥胖男子。他身上穿著小一號的籃球背心，顯得熊腰虎背，正目不轉睛地望著電腦螢幕上的動畫。

「啊，泡麵好了嗎？」半响後，男子注意到簾子被拉開，問去楞在門邊的杰爵。

杰爵腦中仍一片空白。眼前不時搓著肚皮抓癢的肥胖傢伙，怎麼看，都不覺得是三天前留在這的女孩。

「咦……不對，泡麵我剛好像已經吃完了？」肥胖男突然察覺到自己油嘴上的餘味，望向電腦桌上的空碗。

對方接著又點了餐，不過被誤認成服務人員的杰爵完全沒去理睬。他急忙趕到櫃檯，浮躁地向裡頭女店員詢問原本包廂客人的去處。女店員起先以為杰爵是來找麻煩的，直推不知情，不過明白兩人的關係後，指向了店門外。

杰爵狐疑走出網咖，剛因心急，進來時完全沒有注意到站在店外的人。而他才出門口，立刻鬆了口氣。穿著白紗上衣、緊身牛仔褲和褐色筒靴的女孩，正雙手拖著垮包地靠在網咖外，有些失神的模樣。晚上九時的街頭，漫著涼意，杰爵覺得心疼，不明白她為什麼不在裡頭等就好。

杰爵望向女孩默寂的臉龐，感到歉意。他湊近女孩，拿出了自己背包內的小白板，很快地寫下幾個字後遞給對方。

『怎麼站在這，不冷？』小白板上，杰爵潦拙的字跡這樣寫著。

女孩遲疑望了眼，未接過板子，像是有心事般。見到這樣冷淡的反應，杰爵並沒太意外。今天早先在手機上傳給她的訊息，也一直未回覆。原本還有些緊張，但見到女孩可能只是因為不耐而鬧情緒，反而安心了。

『妳這髮型很好看』他覺得女孩原本的那襲金色長髮，以他們現在的情形來說太過高調。本以為她會不捨剪短，沒想到還是乖乖地聽話了。

女孩偷偷望了他一眼，但仍是不願回應。

『餓了嗎，我們去吃大餐』杰爵快速寫下後，再次將小白板遞前。皮夾內其實不到一千元，接下來還要撐幾天不知道，不過為了安撫女孩也只能這樣誇口了。

除了偶動的眼神，女孩只是任由他演著獨角戲。杰爵苦笑，兩人認識以來，中間難免有小彆扭，但仍扔她一人在這枯等，他很明白這次絕對是自己的錯。

『吃牛排？』

『泰國菜？』

『火鍋？』

『烤肉？』

『火鍋加烤肉？』

杰爵繼續在小白板上試探，希望能用美食得到諒解。正當腦袋能想到她喜歡吃的東西都寫過一遍時，女孩終於動搖，接過小白板。

『你和她認識？』她默默遞回小白板，望了杰爵一眼。

杰爵讀著女孩的回問，一時反應不過來。她指的她……是在說誰呢？已經很久沒和其他女生來往了，女孩怎麼會沒來由的問到這問題？邊納悶，他邊無意地望回網咖內，見到櫃檯內的女店員。難道……剛才女孩在門口被忽視後，見到我去和那店員談話吃醋了嗎？突意識到這點的杰爵，恍然大悟。苦等兩天的男朋友一回來，卻先跑去和其他女生說話，任誰都會生氣的。

『和她說過話，才知道妳在這等啊』杰爵趕緊寫下。一旁的女孩見到白板上的解釋，雖沒有全然釋懷的樣子，但至少表情不再緊繃了。

『好餓，先吃東西，慢慢和妳說。』杰爵看得出女孩仍有疙瘩，趕緊用晚餐轉移她注意力。將白板收回背包後，他照往常伸出手，不過女孩並沒有牽上，只是芥蒂地低頭跟在一旁。杰爵認份地輕嘆了口氣，知道沒辦法對她發脾氣。

據說自己出生時，母親苦戰了十幾個鐘頭都還無法順產。杰爵已經記不起當時的情形，不過覺得很有可能是等得不耐煩自己爬出來的；這輩子的耐性，應該都在生日那天全部磨光了。雖然有些小聰明，卻從沒辦法靜下心坐在書桌前。平常去便利商店繳闖紅燈罰單時，只要見到排隊結帳的客人超過三個，更會沒由來地心浮氣躁。他有時會討厭這樣的自己，尤其是要寫下那筆劃繁雜的姓名時。

而這樣毫無耐心的個性，竟在與女孩交往時卻有了改變。

並非因為她天生聾啞，需要提起筆溝通的緣故。女孩有一種能撫慰他躁動思緒的特質。像是野火蔓延的山頭，終於降下了雪靄，融合成一處不再炙人的靜景。他可以真正安心閉上眼，將呼吸寄託在對方的眼神中。用老套一點的方式來形容，就是認識女孩後……才有了靈魂完整的感覺，或是說，兩人本來就是彼此靈魂的一部分。不需口耳表達，就能知道對方的想法。

杰爵回頭，發現腳步落後的女孩，身子顯得冷縮。他趕緊將身上的黑色薄夾克脫下，披在她肩上。那件夾克背後有對針繡的白色翅膀，比起自己，掛在女孩身上要適合得多。他小心地放慢腳步，伴著女孩的節奏。擔心一沒留神，就又找不到她了。

5.2

網咖街角外是家不起眼的牛肉麵店。微霧的玻璃門留著抹布擦拭過的印痕，裡頭飄出的酸菜味強烈。經過時，女孩稍微駐足了一下。原本思考著要去哪裡請大餐的杰爵，隨手比過拇指詢問後，女孩竟點了頭。吃牛肉麵當然沒什麼不好，至少以價錢的考量來說。一份普通牛排的預算，在這至少可以吃到兩碗牛肉麵加上幾份小菜。但女孩從未與他吃過這種平價餐館，見到她貼心替自己省錢，杰爵感到過意不去。

店裡坐了六成滿，以這時間來說生意應該算是很不錯。客人們很有默契地輪流吸著麵條；好像是在玩蘿蔔蹲遊戲一樣，輪到的人只要稍有遲疑就算輸了。杰爵在點餐單上劃了兩碗麵後，與女孩等著牛肉麵上桌。兩天沒見，他的目光一點也不想再從她面容上離開。不過一開始會喜歡上女孩，絕對不是因為外表的緣故。兩人最初是在網路上認識的，從她貼心的文字裡，杰爵感覺到了溫度。她聾啞障礙這件事，是之後才知道。當見到面時，他很快就明白真正的對話，是不需要開口的。

杰爵很喜歡兩人對視，直到一方被逗笑；有時氣氛好，女孩的唇會俏皮貼上他臉頰。不過今天的女孩似乎沒這心情，只是望著店內牆上沒字幕的電視節目，像是刻意地避開杰爵的眼神。

唉……這樣也好，杰爵識趣地騷起下巴。他也還沒想好要如何和女孩解釋，飛去韓國的計畫，可能還要再緩個幾天。

兩人之前討論離開台灣後要去哪裡時，其實也拿不定主意。因為不懂英文，所以他完全沒想過要去美國，而歐洲更沒列入考慮，畢竟那邊連是講什麼文都不知道。

不然……我們去韓國好了？女孩那時建議著。

為什麼？杰爵並沒有反對的意思，只是好奇。

很想去看看韓劇裡，大家生活的場景呀……還有，想吃正宗的石鍋拌飯。女孩邊寫著，邊忍不住笑起；像花朵般綻放，沒伴著聲音，只是純粹的悅目。雖然像是玩笑般的討論，但出國的目的地還真因此定下來了。只有兩人無憂無慮的生活，就差最後的那麼一步……

『抱歉喔，錢有點問題，可能要再等等』望著委屈與自己在小麵店用餐的女孩，杰爵愧咎地老實寫下。

『錢的事沒關係的』接過白板，女孩認真想了想後釋然回應。

『放心，說好的，我一定做到』

『那不重要，真的』女孩貼心的字跡，意外地堅定。

明明是想安撫對方，卻反被安慰了。女孩就是那麼善良……杰爵苦笑，但原本內心晃動的信念又再次確實了起來。他一定要實現承諾，讓女孩遠離這一切；那筆能讓兩人織築幸福未來的酬勞，無論如何都得拿到……

「大牛肉麵兩碗，哪桌的舉手？」頭戴髮圈的大嬸，端著兩碗牛肉麵走經兩人，高聲打斷杰爵原本想輕撫上女孩手背的氣氛。

杰爵不悅地抬起下巴，理所當然地悶應了聲。放眼望去，除了他們兩人，整間店都是獨自用餐的客人，這大媽不知道是沒長眼睛還是故意找碴的。另外他明明在寫單時是點兩份小碗，不過既然已經結完帳了，就暫時忍受這愚蠢……

「下次要寫桌號啦！」大嬸放下麵碗後，指了指他們桌角上一塊印著『4』的塑膠圓版。剛才遞上點菜單時，杰爵沒填上桌號。並不是忘了，只是覺得多寫個字很麻煩。1到9這幾個數字，都能一劃就寫完，但唯獨4完全沒辦法一筆就寫的得體。以前讀書時，杰爵寫出來的4常被人取笑是雨傘。

杰爵望著大嬸放下麵碗時的厚重下巴，壓抑住躁起的情緒。他不知道為什麼這世上的其他人都那麼惹人厭，只是得在女孩面前保持風度……

「對不起……」女孩可能感到不好意思，低聲對離去的大嬸道了歉。正提起筷子的杰爵一震，並不是因為女孩道歉，而是吃驚她『出聲』道了歉。

「妳，怎麼……」他仍未反應過來，從未出過聲的她，怎麼突然說了話。

「……」女孩似乎也意識到了什麼，臉色漸轉青白。

「到底是……不是一直都……等等，妳……」

杰爵表情驟變，呑吐著出口的疑惑，狀似所有能用的字彙都已用完。有一種全身被埋入冰冷深海的感覺，腦袋幾乎無法思考，且再不合起嘴就會溺斃似。因聾啞從小就被父母遺棄的女孩，為什麼在這個時候發出聲音了？他繃起結實的後背，越想越感到窒息。

「妳不是……小薇嗎？」最後，杰爵鼓起勇氣問道。乾嘶的嗓音，完全不像是從自己嘴裡發出的。

「我不是……」

即使已有心理準備，杰爵還是倒抽了口氣，差點將筷子捏斷。對方莫名的反應，證實了他的預感。眼前的女生，根本就不是她……不是杰爵的她。

帶有臉盲症，並不會致命，但杰爵這時有種想撞牆去死的衝動。與智能和精神無關，所謂的臉盲症患者只是不具識別和記憶人臉面容的能力。即使是家人和親近的朋友，在他們眼中的長相全都和陌生人無異；若沒有明顯的髮型或服飾特徵，一轉眼，可能就會認不得才剛說過話的對象。有如這世界上的每個人，都戴著副相同的舞會面具。

而且不只是對他人，許多臉盲症患者往往連自己面孔也無法辨識。如果不小心撞上鏡子，一半的人會感到不好意思，朝鏡子道歉；另一半，則是對反射中的自己生氣飆髒話。

「搞屁啊，幹妳他媽的！妳是誰啊？」他拍桌怒罵道，屬於上述後者。

怡萱望著濺出的麵條和摔落的小白板，嚇得不敢出聲。

5.3

「說話啊，啞巴喔?!」

等了五秒，仍沒聽見任何解釋，已忍到極限的杰爵再次不客氣地拍桌。她驚眨了眼，衣著和女孩幾乎一樣，就連包包也是同款，自己認錯人是理所當然的。而被認錯不出聲否認，甚至莫名奇妙地跟著來吃麵，怎麼想都是這女生有問題。

牛肉麵店內的客人，雖然都警覺著狀況不對，卻沒有人敢出聲，連吸麵的節奏都放慢。

「我是小薇的朋友……」望著杰爵漲紅的臉孔，怡萱諾諾地緊張答應道。

「什麼朋友？明明會說話，還在那裡跟我裝傻寫字、還談錢是搞什麼鬼?!」杰爵怒氣越燃越盛。

「呃，因為看到你拿白板，以為你和小薇一樣……然後錢的事，她約了一個朋友借錢，我以為就是你，所以……」

「嘖，先不管這個！小薇現在到底在哪裡？」

「我不知道……她出去找那個朋友後，就都還沒有回來……我也是一直在等。」

什麼借錢、朋友的？這女的在說什麼，而且她是哪裡冒出來的?!杰爵腦裡一時連結不了，只覺得所有思緒都已脫離掌控。明明拿到錢後，就可以帶著小薇立刻離開台灣。這麼簡單的計畫，為什麼這時突然顯得很遙遠似。

「等、等一下，所以妳們是約在網咖等？」杰爵意識到。

「嗯。」怡萱點了頭。

那小薇回來時沒見到人怎麼辦？現在哪有空在這吃麵！杰爵緊張起來。未解釋心中想法，只來得及罵聲髒話，便匆忙起身奔出店內。怡萱楞了一會兒，意識到事情的轉變完全出乎意料。抱著或許仍有挽救的想法後，她趕緊也追了出去。

牛肉麵店在兩人離開後，一位坐在角落的位白領男子，終於鼓起勇氣舉了手。今天又加班到八點的他，為了饋勞自己，點了兩碗大份牛肉麵，但不巧忘了寫桌號。

5.4

回到網咖的杰爵，進到店內找了一圈，但很快地就無奈走出。裡頭的客人全部都是男性，就連店員也剛交班換了個皮膚黝黑的男生。況且若小薇在裡頭，一定會主動招手。

怡萱在不遠處望著背貼在網咖牆外、面色死白的杰爵。她仍心有餘悸地緩緩走近，害怕一照面會又惹來頓狂罵。

「！」杰爵見到穿著白紗上衣的怡萱出現，眼神一耀，上前就想握住她肩膀。怡萱趕緊躲開，輕叫了聲，一時還以為對方是想動粗。見到他表情從期待快速轉為失望，才明白自己又被認錯了。

「幹，又是妳啊……」聽見她叫聲，杰爵很快便攤下臉，察覺了這人並不是小薇。她身上仍穿著自己的黑色薄外套，若再冷靜點，其實也該能發現的。

「對不起，那個……我和小薇……長得很像嗎？」怡萱忍不住問道。

「嘖，少臭美，倒是妳幹嘛故意穿著和小薇一樣的衣服？」

「對不起，其實是這些衣服本來就是她的。」怡萱心虛望向自己身上的衣物。

「妳幹嘛穿她衣服?!」他嫌惡問道。

「因、因為……她好像怕路上被麻煩的人認出，所以頭髮不光是剪短和染黑，走前和我還交換了衣服。」

剪短和染黑……所以還是換了髮型嗎？原本是怕那群傢伙翻臉不認帳，所以希望她低調點，沒想到現在這情況下卻弄巧成拙了。杰爵聽見後臉色一沉，後悔想著。

「她手機有帶著嗎？」想到回程發的訊息都未回，他有不好的預感。

「她說一下就回來，所以東西應該都在包裡……」怡萱望向手上，暫時替對方保管的粉紅色垮包。

「還不還來？欠揍喔。」杰爵伸手扯過垮包。見對方差一點摔倒時，他突然對自己粗暴的舉動有些懊悔，但並不是對眼前的女生感到抱歉，而是他知道小薇很喜歡這個包包，若是拉壞就不好了。

他皺眉找起包內物品，只是越翻卻越燥急。不光是手機，化妝袋、錢包……甚至是她隨身拿來與人溝通的藍色筆記本，都留在了包內。他想查看手機的通訊內容，但螢幕開啟後出現了輸入密碼的提示。胡亂猜了幾組數字，卻都因為錯誤被鎖住了機子，要再等三十分鐘才能嘗試。

「靠，密碼是什麼？」

怡萱愛莫能助地再次道歉。雖見過幾次她用手機，不過連對方做開鎖動作的印象都沒有，更別說是知道密碼。

「那她現在穿什麼衣服？」杰爵氣餒地把手機和包塞回怡萱懷裡。

「就我們學校運動服和褲子，外套是紅色，白色拉鍊……」

不妙，杰爵仔細聽著怡萱敘述，但怎麼聽，都像是尋常路上能見到的學生穿著。作為線索，並沒有比瞎子摸象要強上多少……或許還更慘，就算他能摸到所有人的臉，也分不出哪個是小薇。原本以為記下她衣服特徵就萬無一失的杰爵，越想越茫然。

究竟，小薇現在去了哪裡？附近她很熟，不可能迷路的。難道是真的被那些傢伙撞上了？與自己仍有約定的她，一定不會乖乖就範……想到小薇有可能被硬架走甚至打昏，杰爵心如刀割。而諷刺的是，即使那些人現在大搖大擺地扛著暈倒的小薇經過面前，他也無法分辨對方背上的是否就是她。雜亂的想法如鼠蛇竄出後，杰爵感到一股寒慄。胸口像是被什麼凍結了，與和小薇在一起時的寧靜不同，那是足以讓他對這世界絕望的寂然。

「對不起……」怡萱低頭自責。

「妳一直對不起是怎樣？」

「因為我覺得……都是因為我，小薇才會去借錢的……」

「所以錢是幫妳借的？」

杰爵面如死灰地瞪回對方。他知道應該要動怒的，小薇就是為了這莫名冒出的衰貨不知所蹤，但卻宣洩不出任何情緒和髒話，甚至連握緊拳頭的餘力都沒了。街口路經的男女，都長了同一張嘲諷的臉，取笑著自己的無能和失敗。

杰爵想起答應那交換條件時的掙扎，不過現在和尋回小薇比起……殺人還真的是簡單多了。

扣扳機這事，連五歲小孩都能做到，但讓正常人無法下手的原因，是殺人後的內心糾結，擔心死者的面孔，每晚都會印在臥房的天花板上。不過對於面盲症的自己，完全沒這煩惱。死在他槍下喪魂的臉孔，一點兒都沒留在他腦裡；像是煙一樣，吹過就散了。茫然望著馬路時，兩個背著書包的女學生在街旁聊天走過，穿著的就是如剛她敘述的紅色運動服。

「喂，妳看對面啊……！」杰爵發現有可能是小薇的人物出現，急忙要她確認。

「啊對，差不多就是那樣的運動服。」怡萱點頭，以為他指的是衣服款式。

杰爵悵然垂下手，雖然早明白是小薇的機會很渺茫。那兩個女學生經過時曾無意望了過來，只是都未多停一步。如果其中一個真的是小薇的話，早就開心的飛奔過來了吧？如果是小薇，她不可能見到自己的頹樣，還視若無睹地談笑走過……

但什麼差不多就是這樣的衣服，這是哪門子不負責的話？就是因為能一眼認出誰是小薇和誰不是小薇，就能這樣隨隨便便變回答嗎？正當積怨足以冒上腦門時，他猛然意識到一件事。眼前的女生……是他與小薇重聚的唯一連結。

「喂，警告妳喔！找到小薇之前妳不准給我離開。」杰爵喝道。眼下認得又能替他找的小薇的人，似乎只有她了。

怡萱默默點頭。像是突然站上童話灰姑娘的故事舞台，但並不是以女主角的身分登場，而是扮演著能讓兩人重逢、那只遺留在現場的玻璃鞋。

5.5

「她都沒說那朋友是什麼人，或是約在哪見面嗎？」

「沒有……我也沒想到會那麼久。」

「靠杯，為什麼妳缺錢要小薇去幫妳借啊！」

「……」怡萱捏著衣角，心口又緊了起來。小薇當初打包票能拿到錢的自信表情，她不願再去回想。

杰爵杵在網咖門外，腳板越拍越鬱躁。夜深後的低溫，並沒有讓他冷靜下來，只是覺得腦袋更加遲鈍。拋出的問題都踢到了鐵板，對眼前情況一點幫助都沒有。如走著迷宮的小白鼠，頻頻走向死路，卻又要耐著性子回到原點再嘗試。他有起過到四周尋找的念頭，不過一來是毫無頭緒，二來是擔心小薇回來沒能見到人。

「喂，外套還我。」望著身旁女生穿著的薄黑外套，他命令似地低喝。屬於自己的東西，本來就不需要客氣。怡萱抬頭，也才意識到早先對方貼心的舉動，本來就是個誤會。她脫下那件背後帶著白羽刺繡的黑外套，尷尬地交還給杰爵。只剩輕薄上衣下的胳膊，瞬間立滿了雞皮疙瘩。

杰爵理所當然地穿回外套，但側眼間還是看見了對方抖瑟的纖細身軀。他其實也不是那麼小氣的人，如果對方誠懇地要求……他應該會考慮一下，畢竟多少還是有身為男人的自覺。可是對方並沒有開口，所以就沒有委屈自己受凍的理由了。況且，若小薇這時回來見到他的外套穿在其他女生身上，肯定是會吃醋的吧？

「冷的話，就先去門裡面等……但我叫妳就要馬上出來啊。」幾陣沉悶的冷空氣過後，杰爵還是不耐開了口。反正只要隨喚隨到，對方在哪裡站著都沒差。

「你不進去嗎？」怡萱的雙唇已經凍得有些不聽使喚，不過想到如果自己都在發抖，對方應也會覺得冷。

「什麼啊，那小薇回來見到門口沒人怎麼辦？」杰爵反問道，彷彿她剛才的關切是種挑釁。

「那個……原本就是說好在裡頭包廂等的，她回來應該會進來找人。」

「媽的！那妳之前幹嘛楞在外面等？」杰爵瞪大眼，突然有種被耍了的感覺。

「因為包廂的時數到了，我身上沒有帶錢。」怡萱略感尷尬，不論是現在，還是當時離開包廂時的窘態。

杰爵斜起白眼，心想如果不是非得需要把她留在身邊，早就氣得讓這女的滾蛋了……明明是會講話的，怎麼都不早點講？這些人長了一張嘴在臉上，卻不懂什麼時候該張嘴。又或是張了嘴，說的也不像是人話。他再次感到小薇的獨一無二。她就算只是單純的微笑，都意味著千言萬語。

兩人走進網咖，店內沒有開暖氣，但很快感到體內的血液重新流動了起來。氣溫與街外至少差了十度，大概是因為網咖內時間過得比較慢的緣故，裡面時節還停留在幾個月前的夏天。杰爵所剩的錢有限，不過才一百出頭的包廂費倒還沒問題。

他們重新開了一間包廂，並不是杰爵和小薇分開時最角落的那間，而是緊鄰的最後第二間。先前碰到的肥胖男，仍窩在裡頭看著動漫。杰爵本想揪住對方領子，一腳把他踢出去，不過為避免事情更複雜，還是忍住了衝動。所幸包廂門口只蓋著層薄簾，只要有人經過便會見到影子；若小薇回來，不用擔心會錯過。

包廂內空間不算寬敞，除了電腦桌外，就只剩下能容納張雙人沙發的位置。杰爵坐進靠牆的座位後，在桌面放下背包，攤著身子。怡萱在門簾旁遲疑了一會，不過還是硬著頭皮在沙發另一端坐下。只剩下四分之一的位置，讓她坐得有些壓力。

「對了，妳到底是誰啊，和小薇怎麼認識的？」杰爵半瞇起眼，語帶質疑。她的身分其實對他並不重要，就像是在路上踢到塊大石頭時，不會去好奇『這是什麼石頭？』，而是只會納悶『這石頭怎麼會在路上？』。

「我和……小薇，是前晚在附近國小碰見後才認識的。」或許該報上名字，但怡萱總覺得在陌生人前自介有點彆扭。但話說回來，若不是陌生人，好像也就沒有自我介紹的必要。

「國小？」

「嗯，她那時要去廁所洗澡，我幫她把風，然後就熟了起來……」怡萱保留地回答道。

聽到這，杰爵大略能猜想到。這家網咖雖然有間窄小的廁所，但水龍頭第一天入住時就壞了，沒想到到現在都還沒找人來修。連著幾天不能洗澡，小薇一定憋壞了。

怡萱望了望杰爵，見對方沒繼續細問，莫名鬆了口氣。那晚無家可歸被校園警衛追趕的事情，她仍羞於啟齒。

「呼，女生上個廁所就可以交到朋友啊……」杰爵感慨地踢開鞋子，讓飄出異味的兩腳放鬆。他印象中，國小和國中時的確是常見到兩個女生好友牽著手去廁所的怪異行為，只是沒想到也有反方向運行的事。但其實不光是女生間的友情，普通男生間的友情他也是沒有太多體認。由於分不出同學的臉孔，他從未主動對人打招呼或是聊天，一直以來都被當成是個冷漠又脾氣壞的怪胎。時間一久，連自己也那麼覺得了。

狹小的包廂內，很快就漫溢著杰爵的腳汗味。怡萱半閉著氣，不好意思捂住鼻子。同是共處一室，但與之前小薇在時的香氣截然不同。她沒想過人的味道可以有這樣大的落差。

「對了，先把這些放進她的包包裡。」杰爵突想到，從背包翻出了小薇的護照，讓怡萱妥善收好。

她望著護照上的照片，應該是小薇早幾年拍的。那素顏短髮的表情略僵，並未帶著預想中的耀眼氣質，不過細看五官就能察覺到那股同樣隨和的溫暖特質。她不自覺地用指頭輕觸相片。

「喂，別用妳髒手亂摸！」稍微恢復些生氣的他，生了氣。

「對不起。」怡萱趕緊移開手指。

手移開了，但那種久未感受到的心觸仍記得。共患難後產生的友情，從那晚貼心的邀請，直到牽手逛便利商店、分享著一塊紅豆餅……每一刻都是忐忑又溫暖的。不光是因為受到小薇的幫助，而是這種心意的共鳴，已經很久沒聽見了。平常與阿姨或同學互動，只是形式上地共處一個空間，而不在同個時間裡。當兩人共披同一件外套過夜時，她腆澀地聽著小薇的呼吸，捨不得入睡。最後一次如此感到人的體溫，是父親逝去時的不捨擁抱……

「所以認識後，妳這兩天都跟她一起在網咖裡嗎？」杰爵面無表情地扭了扭頭，皮不帶肉的黝黑頸肩就和手臂一樣結實。

「嗯。」

「不用上學喔，高中現在有放假嗎？」他隨口問道。

「我現在還國三而已……」

「國中生？還是屁孩一個啊。」二十二歲的杰爵嗤笑到。其實就算對方只比自己小一歲，大概也會故作成熟地這樣說。

怡萱低抿著嘴，不知道如何反駁，也不敢反駁。她的身高在班上女生中算是較高的，晚上幫忙顧攤位，好幾次還被客人誤認為是大學生。不過年齡這種事，只能被動地讓它自己疊加，再怎麼努力日子也不會過得比較快。

杰爵繼續打量不作聲的怡萱一眼。雖然沒有辦法記住人的五官長相，但他仍有審美能力。對方模樣並不難看，只是就算穿了小薇的衣服，長相和氣質仍差得遠……不過這完全是他主觀的想法，畢竟小薇的模樣，對他就像是個太陽。能感覺到溫度，卻無法直視描述。

「所以妳翹家嗎？妳爸媽不會報警找妳吧？」隨後他顧慮起，若是引起警察注意，事情會更礙手礙腳。

「應該不會……」

「喂！什麼應該，到底是……」

「不會，對不起。」在對方罵人前，她慌忙改口道。父親去世後，要照顧毫無關係的自己，阿姨早就覺得厭煩了吧？如今不用再忍受，她一定感到鬆了口氣……怡萱默默這樣在心裡想著。

5.6

『我有過夜的地方，一起回去？』

『放心睡』

『妳一直住這？』

『就這幾天而已』

『餓嗎，記得外面有家紅豆餅』

『我們找電影來看，想看什麼』

『都可以，我看過的很少』

『所以最後是說在做夢？』

『不知道耶，感覺那個轉的好像快倒了』

杰爵讀到這停頓了一下，表情困惑。

「這邊什麼意思啊，哪句她寫的？」他問向怡萱，手指點在小薇攤開的藍色筆記本上。由於想知道自己不在時發生了什麼，杰爵認真研究她們兩個女生的筆談紀錄。但因寫下的只是相處片段，他讀起來有些吃力。大部分簡單手勢就可以溝通的事情，都沒寫在上頭。比方說，兩人從廁所離開後，經過便利商店買了一份關東煮，帶回網咖分著吃。以及包廂內過夜時，克難共蓋著怡萱的運動外套睡覺……諸如此類，許多事只需要一個點頭或眼神就能領會心意。

「前面這句是她問的，我們在討論電影的結局……」怡萱探著頭解釋。雖都是用同隻原子筆書寫，不過若細心觀察，兩人的字跡其實不難分辨。怡萱的字體秀氣端正，每個筆劃都寫得很認真。小薇的則較渾圓隨性，像是映在泡泡上的投射。

杰爵低哼了聲，不以為意地繼續翻過下一頁。對他來說，小薇的字跡並不好認。這與臉盲症絲毫沒有關係。若特別開心，小薇勾繪出的筆觸就像是向日葵般綻放；而遇上她有心事時候，則會如蒲公英似飄動。

他知道小薇什麼題材的電影和電視都喜歡看，不過兩人好像從來都沒有討論過劇情。最主要的原因，是他辨識不了出場的角色；常常一換鏡頭，就不知道現在說話的人和前幾秒說話的人，是不是同一個，所以完全無法連貫劇情。看電影這種休閒活動，明明對大部分人是再輕鬆不過的享受，對杰爵來說卻像屠殺腦細胞似的凌遲。

『妳玩就好』

『玩看看嘛，我上次已經測過了，超準』

『看不出妳是博愛那型的耶』

『才沒有，我到現在都還沒碰過喜歡的男生』

筆記本上接著的話題內容，是兩人在逛網站時看到的愛情心理測驗，小薇堅持要讓怡萱做。

杰爵一本正經地逐行默念，而身為當事人之一的怡萱，則在旁羞澀地感到難熬。她沒想到當時兩人的隨興筆談，會在事後被第三人檢視。

『碰到喜歡妳的男生才更重要』

『妳有？』

『給妳看一段有他的影片』

『妳男朋友好帥』

見到自己當時誇讚對方的字跡，怡萱有著赤裸的忸怩感。小薇那時給她看的影片，主要是拍攝窗外的節慶煙火，但畫面一角，能見到杰爵安詳平靜的睡容。影片的長度有好幾個小時，並沒有親暱的內容，但聯想到兩人在床上依偎的甜蜜景象，怡萱當時不免又是臉紅又是羨慕。所幸從文字上並猜不出是什麼影片，杰爵讀到時仍是皺著眉頭，沒有什麼表情的變化。

『晚上再一起去洗澡？』

『好，不過還是怕警衛經過』

『別怕，洗冷水才比較可怕』

又翻過幾頁，再次見到這段字句，怡萱腦海又浮起了兩人當時的笑容。明明包廂裡沒有鏡子，回想中的自己卻很鮮明，彷彿頁面上記錄下來的畫面，比影片還要生動地多。她字跡出現的次數，在筆記本上逐顯頻繁；隨著與小薇的熱絡，已不再是被動地生硬答話，而是真正朋友般的交談。

不知道是因為很久沒遇見能放下心防的對象，還是小薇有著讓人心暖的魅力，怡萱數度憶起小時候的想像。小薇掛著笑靨的面容，完全和那雲端裡的公主重疊著……邀了自己來到這間網咖包廂、那座白雲砌成的城堡參觀。兩人無所不談，不用擔心時間流逝地玩耍著。

有一件讓怡萱更確定彼此心意相通的，是小薇從頭到尾都沒問過她為何離家。或許是同理心，又或許是更顯而易見的原因，兩人皆有不追探彼此經歷和遭遇的默契。那些與幸福無關的沉重枷鎖，就留在原來的地方就好……

『這基礎保溼的，妳現在可以開始用』

『我鼻子兩邊很容易出油』

『這種粉刺不能用擠的』

翻到這面時，杰爵忍不住打了個大哈欠。專心讀完好幾面的對話後，他有種心神交悴的虛脫感，像是在沙漠中爬了好幾公里，卻連綠洲的海市蜃樓都沒見著。兩個女孩間的話題……實在是太無聊了，以看電影時的折磨來形容，就是一部沒打上中文字幕的俄國藝術電影。除了主題沒興趣，好幾段對話，根本沒能分出哪句是小薇寫的，哪句不是。但就算分辨出來，也沒什麼意義就是……

整晚網咖內，別說是有疑似小薇的年輕女生出現，連大門都沒開過幾次。途中有人影來來回回的經過包廂外，但從門簾下就可以見到那雙走過的粗腿滿是腳毛。若不是某個不修邊幅的男人在等廁所，就是卡通電力公司裡的毛怪在找牠的朋友大眼怪。杰爵能看懂的電影，大部分都是角色造型分明的卡通動畫。

小薇的筆記本，終於翻到最後幾頁。杰爵原本快合上的眼，頓時稍張了開。頁面上的筆談內容，和早先怡萱提到的事情終於有了連結。

『還好嗎？剛看到訊息後妳就很認真想事情的樣子』

『只是在想今天離開這裡後的計畫啦』

『要去住其它網咖嗎？』

『不是啦，比如說出國生活那樣』

『出國生活？和男友一起？』

『總之想脫離現在的情況而已』

『那以後還碰得到妳嗎』

『還不知道呀，妳呢，之後會去哪？』

『不知道，可能會回去上課，但要想想，還好學校接下來幾天是畢業旅行』

『妳不想去嗎？』

『是想，但沒交旅費』

『多少？』

『5800』

『簡單，這小問題』

『妳身上不是沒錢了？』

『我剛想到一個辦法』

『不用啦』

『我傳了，約好等一下和人拿錢』

『很熟的朋友嗎？』

『不算，不過要準備一下，去之前我們先去買染頭髮的和剪刀』

『為什麼』

『怕麻煩，到時候再和妳說一個秘密』

筆記本再翻過，就只剩下空白；兩人這幾天筆談的內容，到此結束。

「所以小薇是要說什麼秘密？」杰爵納悶問道。

「……不知道，還沒說。」

結果小薇會去和人借錢，還是因為自己允諾的事做不到啊……杰爵無力用手抹了抹臉，但愧咎仍沾留在疲憊的臉上。她這附近有什麼能借到錢的朋友，他一點頭緒都沒有。無精打采地放下筆記本後，原本還期待能找到一絲線索的期待，也慢慢消逝在深夜裡。

5.7

迷糊中，怡萱差一點睡著。她猛張開眼，包廂外仍是只有此起彼落的鍵盤和滑鼠點擊聲，沒其他動靜。她答應了杰爵不睡，要注意小薇是否有回來。而此刻對方正仰著頭，靠在沙發頭枕上打呼。上網看了幾則新聞後，便費盡了他剩餘的精神。他雜亂紅髮上的髮膠油膩地打結在一起，若只從頭頂看下去，或許會以為是顆浸過膠水的紅毛丹。

怡萱從沒想過，小薇的男友會是這樣的男生……儘管都是在沉睡中，影片裡他光影下的輪廓，像美術教室裡的石像般沉穩優雅；但現實身旁的他，彷彿是頭兇狂的負傷野獸。她很難將這兩個形象聯想在一起，即使知道世界上沒有真正的白馬王子；他與小薇的氣質，就好比油與水般的不搭配。

桌上的電腦，早就進入了螢幕保護程式。畫面從碧綠的山野風景，轉成一片雪白的高山，又換到了緋紅欲滴的楓林。她茫然望著，有種正在環遊世界的錯覺。見到一座湖邊的風車時，本來想多停留一會，可是沒有置喙的餘地，一眨眼，又抓不住地去了另一個地方……該走嗎，但自己還有哪裡能去呢？

「咚！」杰爵膝蓋突然沒來由地蹬了桌子一下。皺起眉頭，但仍閉著眼沒醒，似乎只是夢到什麼。怡萱嚇了一跳，見杰爵沒後續動作，才放心喘出氣來。她還以為對方抓到自己打瞌睡，所以生氣踢了桌。不能再這樣下去……她強打起精神，沒想到才一起身，手腕就被杰爵一把抓住。他濕潤充著血絲的雙眼，忽張開後再也閉不上似。

「我不是……小薇哪。」怡萱難為情地反應道，因為察覺到對方眼神中，泛著與她說話時沒出現過的情感。

「媽、媽的，我當然知道啊！」稍楞後，杰爵立刻甩開她手腕，嚥下道口水。他用力揉著睡眼惺忪的兩眼，想把誤認的過錯都抹掉似。

兩人陷入一陣尷尬，如好幾天未換過的臭襪氣味，在窄小包廂內難以消散。杰爵表情酸澀，像是剛喝了口擱放一個禮拜的發霉啤酒。雖短暫進入夢鄉，心情卻比睡著前更惡劣。

小薇的五官輪廓，在夢裡明明就好比鈴聲一樣清晰，讓人心暖的笑容在人海中一眼可辨。但回到只有瀰煙混沌的網咖後，簡直像身處煉獄，連呼吸都那麼不甘心。他轉過目光，見到縮站在桌沿旁的怡萱，怯怯地正巧對上視線，彷彿提防著再度受到侵犯。

「操，妳要給我去哪裡啊！」一股心火冒上，杰爵吼道。禁不起任何誤會的他，從難堪瞬間轉為憤怒。

「我只是想去洗臉……」

「不要想給我偷跑喔！看到這新聞沒？案子就是我幹的，多宰妳一個也沒差！」

怡萱怯望向杰爵指去的電腦螢幕，畫面已回到他最後瀏覽的新聞網頁，新聞標題是『議長涉貪案證人遭滅口，隨扈兩警同遭毒手』。

她默默坐回位置，有些呼吸不上來的感覺。原本就混濁的空氣，如荊棘籐蔓般縛住了胸口。

6.1

哲倫將奶精攪進熱咖啡中，望著白色漩渦捲入黑色底層消失。其實奶精沒有消失，而是被融合，消失的是人眼所看見的那個白色。咖啡廳內坐滿了人，其中有西裝筆挺的成功傳銷人士，當然也有剛出社會等著被銷的年輕人。這邊的咖啡價格是便利商店的好幾倍，哲倫平常很少會為了買咖啡來。通常要打聽案件消息時，不會選在那麼高調的場所。

慶的身影，走進了咖啡廳內。哲倫舉起手打了招呼。

「不好意思啊，百忙中還打擾你。」

「不，沒什麼，剛好中午休息時間。你也常來這家店嗎？」慶坐下來後，友善地微笑。並沒有氣喘的樣子，不過他沉穩的額頭上，還是因為快步趕來而冒了汗珠。咖啡館離他們刑事局不用十分鐘的步程，沒有搭車的必要。

「沒有，是第一次來。」

「是嗎，他們這家的冰滴咖啡評價很好喔。」

兩人簡短寒暄幾句後，很快地就進入了正題。

「老實說，那晚的事一直困擾著我……」哲倫所指的事，當然就是關係三條人命的證人遭謀殺案。雖然同為執法人員，但自己在這事件裡的角色只是案件關係者，調查權完全在對方手上。

「我理解……你和殉職兩位警員的關係密切嗎？」

「其實私下並沒有什麼交集，不過因為資歷淺，工作上多少有受到他們的照顧。」

「局裡同事發生這種事，一定會希望能親手破案吧。」

「雖然有些遺憾，但果然交到你們菁英手上是對的。如果案子由我們分局自己調查，可能就以自殺結案了。」哲倫表情苦澀地自我調侃道。兩位同僚殉職，局裡的氣氛除了低迷，更有種只有他和阿雄才能感到的違和感。偵查隊同事們或多或少都掛著不諒解的表情，彷彿他們這兩個新進菜鳥若提早十分鐘抵達，就可以避免旅館慘劇的發生。

「不過這個案件真的是蠻棘手的。」慶傷腦筋似地揉了鼻子。

「但已經有偵查方向了吧？」

「其實還是老作法，從動機方面開始著手而已。證人被殺，最直接的受益人當然就被指控的議長。籌碼都在壓在汙點證人上的檢方，現在應該很難把他定罪了。」

哲倫聽後悶嘆了聲，即使不意外，還是難免不舒服。司法就是那麼公平的東西，只要犯罪者有能力或財力抹滅證據，就可以獲得無罪判定。如果自己再多用點心，或許就能避免了……他又湧起失職的愧咎感，即使明白已經無濟於事。

「不過即使知道最大受益者是議長，他不可能親自動手吧？」哲倫頓後說道。畢竟和超級英雄片裡的壞人不同，現實裡的大反派犯案並不會自己出馬。

「是啊，所以要破案還是得鎖定實際犯案的兇嫌。」

「那麼那位……奪命不倒翁呢？」

「奪命不……？噢，你是說旅館負責人吧，他的嫌疑基本上當晚就排除了。旅館內其實有一支隱藏的錄影機，就在櫃檯的正上方。事發當晚，他的確一直都待在裡頭，直到被你喊醒了上樓開門。不過錄影機的鏡頭很局部，照不到櫃檯外的動靜。據說是他的太太，單純裝來監視員工有沒有偷錢和蹺班的……」

哲倫認真聆聽著，原想掏出筆記本寫下重點，但隨即意識到這案件自己並無權調查。對方肯答應會面和分享案情，其實已經相當夠意思了。躊躇了一會後，決定還是當成單純的聊天就好。

「所以沒有其他能提供證據的監視器或線索了嗎？」哲倫提問著。

「很可惜，似乎是沒有了……不過旅館負責人在筆錄裡宣稱，儘管他在櫃檯時都看似在閉目養神，但仍隨時保持著警覺性，有住客外的生面孔出入，他一定會注意到。雖然我們對這供詞採保守態度，若他所說的屬實，嫌犯便有很大機率是當晚旅館內的住客。」

「唔，如果真是這樣，那兩間房的客人……」哲倫回想著那晚住宿的客人，除了他們自已之外，就只有同層307房的情侶檔，和203房的便便人。

「203號的住客，現在還押在你們局裡吧？當晚壓制他的時候，我有注意到對方連抓緊我衣袖的力量都沒有。仔細看了後才發現他十指都明顯變形腫大，感覺是長期嚴重的指關節炎。我很難想像那樣的手可以快速扣扳機，還準確命中三人的要害。」慶說出想法，表示否定了便便人犯案的可能性。

哲倫停楞了一下，因為即使自己逮捕了便便人好幾次，都沒發現這點。若突然被問到便便人的特徵，他大概只能回答出會在現場拉屎這種直覺性的警訊。到場員警捏著鼻子在廁所洗皮鞋的景象，深刻留在了他腦海裡。

「至於307號房的那對年輕人，兩人都沒前科。我們查過那男生從事模板工程，現在還是學徒，據他師傅說生活很單純，平常工作也認真，沒見過他和複雜份子在一起過。女生的話則是高中輟學，很少和家裡聯絡……如果說有特別可疑的地方，就是為什麼約會挑了一家那麼沒情調的旅館吧。」慶啜了口飲料，苦笑放下杯子。裡頭透紅的液體浮擺著，雖然來了咖啡店，但他點的是熱紅茶。

哲倫的思緒回到那晚從旅館走出的景象。聽見魯大那通可疑的電話的當下，便便人已經被收押看管了……那麼，電話的另一頭，是否就是那對情侶中的一人？他有種直覺，這對男女有繼續調查的價值。

「對了，我們這邊，其實也有事想請教一下……就是關於案發房間冰箱裡的那幾罐塑膠瓶裝咖啡，你知道有可能是什麼人在裡頭加了重劑量的安眠藥嗎？」慶試問道。

「你意思是，那些咖啡被驗出了安眠藥？」哲倫驚訝睜眼。慶點了點頭，今天特地出來，主要也是希望對方能提供這件事的線索。

「有機會碰到那些咖啡的，應該就只有被保護的證人林秘書長，還有我們負責這次任務的四位刑警。」哲倫偏頭思索後，想不出其他的可能。

「這樣呀……發現這件事後，我們起先還認定現場死亡的兩位員警，是在昏迷的情況下被奪槍殺害的。不過驗屍報告的結果卻令人意外……三名死者體內，都沒有檢出相關或不尋常的藥物成分。」慶輕敲著額頭。原先以為安眠藥的發現能讓案情明朗化，沒想到只是變得更加複雜而已。

消化之後，哲倫漸漸感到頭皮發麻。內鬼的氣味濃厚，而除了自己與阿雄兩人，其餘三者皆已在現場死亡。更重要的是，陳桑與老江根本是不喝咖啡的，他們只對泡茶有興趣……這下藥的目標很明顯就是針對自己與阿雄。每晚熬夜輪值時，他們基本上都會喝個兩罐。雖然還窺不清全貌，但如果當初事情如對方策劃的一樣順利，他此刻應該是躺在漆黑的冰櫃裡……

「其實他們都是不喝咖啡的，會喝的只有我和阿雄。」哲倫面色青白地老實說道。

這樣說來，原本會因公殉職的……慶的這想法梗在喉嚨沒說出口，避免眼前的哲倫感到更加不舒服。嫌犯原本的計畫……應該是想等房內執勤的員警沒抵抗力時才下手，但以目前的結果來看，不知道什麼原因，嫌犯採取更冒風險的方式提前行凶了。

「不過……我覺得，那對年輕情侶仍是關鍵吧。如果像旅館老闆所供稱的沒外人進出，那麼事發的九點十五分到九點半之間，只有他們有行凶的可能，雖然還不清楚究竟是用什麼手法……」哲倫忍著寒意，暫時做出結論。

慶默默點頭表示認同，即使微彎了身子，身上西裝仍挺直。哲倫平時很討厭在路上見到別人這樣正式的打扮，不過卻很難對他起反感，因為對方言行中，完全未散發出刻意凸顯自己能力的虛偽。相反地，哲倫甚至覺得他是個值得信任的人。

哲倫故作鎮定地捏緊咖啡杯耳，一度想把聽見那通可疑電話的事情說出口，不過還是打住了念頭。魯大與這件案子一定脫不了關係……但在事情更明朗前，他決定先靠自己的力量去調查。雖都掛著刑警身分，他仍未確定面具下誰是朋友，誰是敵人。

見面結束後，兩人在店外告別。

「對了，有件重要事想順便請問一下……」但才走了兩步，慶突然想到什麼似地回頭開口。

「呃，怎麼了嗎？」被喊住的哲倫不明所以，但從對方神情可以感覺到是件重要的事情。

「你知道那可麗餅是哪一家店賣的嗎？」慶指向對街捷運站外的一張紅色海報，似乎是線上購物網站的宣傳廣告。照片裡女孩手中的粉條內餡可麗餅，看起來格外地鮮明誘人。

「不知道耶……」人果然是不可貌相，哲倫完全沒意料對方對可麗餅有那麼濃厚的興趣。

6.2

會面收穫比預期得更多，回到分局後，哲倫持續思索著。刑事局似乎仍無法掌握住嫌犯身分，不過關於瓶裝咖啡被下藥的新情報，則讓他對自身處境感到更詭譎。案發前一晚，他與阿雄照慣都喝了咖啡，不過並沒有感到不適；換句話說，那重劑量的安眠藥，是事發當天才被摻入的。而這衍伸出的疑問，便是藥是誰下的？

二樓偵查隊的辦公室內，這時罕見地沒有任何人在。上週轄區內發生了另一宗命案；一位酒店客人因為糾紛，開槍殺了前來處理的副店長。由於事發酒店位於鬧區，警方承受了不小的破案壓力。而店家配合被動，想私了的意態明顯，所以即使偵查隊已派上大部分人員調查，案情仍無進展。至於那剩下的小部分，則是之前被指派到證人保護任務的哲倫、阿雄、老江與陳桑。

局裡刑警基本上沒有固定的作息，不過在中午外出用餐後，通常都不會直接回來。大部分的案件，都得仰賴查訪在外的線索和線人才能破案。但見到辦公室內空無一人，哲倫還是難免感到意外。

此時陳桑與老江的辦公桌上，皆擱著水果紙箱，不過裡頭擺的當然不是用來供念的牲果，而是他們原先抽屜內的私人物品。東西昨天就已經大致收拾完了，上頭還未決定何時公祭，遺物這幾天應該便會送回給家屬。哲倫拿著空茶杯，在加水的途中刻意繞到了陳桑和老江比鄰的桌前。他再次張望，確認沒其他人正走進後，才翻開兩張桌上的紙箱。其實就算這舉動湊巧被上樓送件的員警撞見，也不會有人心生疑惑；這沒來由的緊張感，是哲倫自己給自己的。

他相信，最有可能在那咖啡中下藥的，便是這兩紙箱的主人其中之一。

在與慶討論案情時，哲倫就已經在腦中確認過，先不說動機，陳桑或老江絕對是最有機會下藥的。雖然身為證人的林秘書長待在房間的時間最長，但不太有可能在冰箱前動手腳而不被察覺；執勤的刑警中就算有人去了廁所，另一人仍會留在小客廳內。但相反地，當林秘書長就寢拉上隔簾，其中一個刑警就能趁另一位如廁時對咖啡下藥。當然，若考慮到陳桑與老江長年共事的交情，兩人一起共謀的可能性也是有……

陳桑是個老菸槍，盒內的私人雜物中，各式各樣的打火機占了一大部分；許多貼著女人清涼照的廉價打火機，裡頭的液態瓦斯都早空了。另外也有兩包抽剩一半的香煙，已經泛黃受潮。哲倫本身不抽煙，但這些東西怎麼看，應該都可以直接當成垃圾處理。或許是負責整理的同事不好意思，覺得擅自扔掉對方的遺物不敬。而老江的紙箱，主要是幾罐他珍藏的茶葉。有時大家碰到特殊身分的訪客，會和他借來泡茶招待。除此，裡頭還有張老江與家人的合照，場景似乎是他兒子幼稚園的畢業典禮。哲倫記得他之前提到要把兒子送出國讀大學，所以這張照片也有點年紀了。

「喔，你回來了啊？」突然，傳來了阿雄的聲音。哲倫猛抬頭，見到阿雄走進辦公室，趕緊將手上檢視的照片塞回老江的紙盒裡。

「是啊，順便看看他們是不是還有東西要收拾的……」即使對方沒問，哲倫還是下意識地掩飾住舉動。他將紙盒蓋起，沒什麼意義地在上頭拍了拍。並沒有見到什麼可疑的物品，不過本來就沒有什麼期望，只是抱著姑且一試的心態。

「唉，該要看的，都在我們桌上了吧。」試著開玩笑似，但阿雄有氣無力的語氣，讓這話更像是句憾嘆。陳桑與老江生前未辦完的案件，大部分都分配了給目前被視為閒人的哲倫和阿雄。兩人各自桌上都堆了一疊檔案夾，哲倫到今天都還沒有心思去翻閱。

離開陳桑和老江的辦公桌，哲倫走回自己座位。正想說些什麼時，才發現手裡的茶杯仍空著，再次走向了辦公室角落的飲水機。魯大的辦公桌，位置就在飲水機的斜前方。哲倫壓著開關將水注滿茶杯時，突然後悔了起來。剛才應先檢查他辦公桌的……並不是說確信能找到什麼線索，而是種死馬當活馬醫的覺悟。魯大對人急躁，處事卻深思熟慮，很難想像他會將不利自己的把柄留在辦公室裡；只是眼下除了這張桌，也不知還能去哪翻索他隱蓋住的髒汙。現在阿雄在辦公室，若私自翻查魯大的物品一定會引來疑問。就像被大王烏賊纏上背一樣地難受，明明嗅到了魯大瀆職的腥臭，卻無法伸手撥開那團黑墨。他無法相信有人身為警察，卻因金錢利益去犧牲同事性命也無所謂。

「你午餐去吃什麼？」哲倫隨口問向阿雄，避免心事掛在臉上。

「午餐？我連早餐都沒吃咧……」阿雄罕見地沒胃口，明顯籠罩在低氣壓裡。與陳桑和老江雖談不上要好，但一次兩位同事殉職，看起來對他的打擊很大。當然，這副頹喪的神情，已出社會的人都能裝得出來。

那晚聽見魯大可疑電話的事，哲倫尚未告知阿雄。情感上，他是傾向相信對方的。兩人年齡和價值觀相近，大部分案件也一同搭檔，算是這分局內唯一能稱作朋友的同事。不過若理性考量，阿雄在咖啡中下藥的機會，並不比陳桑或老江少。案發前一日，哲倫記得有去過幾次廁所，所以阿雄的確有不少獨處的空檔……而若更進一步地去懷疑，當晚與魯大通電話的人，也不能排除是他的可能。哲倫並非天生多疑，不過若單因親近或主觀情感就將對方列在嫌疑人之外，絕對是推理的禁忌。

哲倫很希望能信任阿雄，但更明白在這世界上出賣自我並不是一件困難的事。在剛成為刑警時，他也沒有預料到後來的自己會為破案，而模糊了認知裡的正義原則。畢竟佈線和養線人，除了花錢，更需要對涉及灰色地帶的越矩閉一隻眼。他相信，只要籌碼對了，任何人都有可能被收買，即使對方是他視作朋友的刑警。

更謹慎一點想，即使今天能完全證明阿雄的清白，哲倫或許還是會選擇獨自偵查。若得知證人謀殺事件瀰蓋著陰謀，甚至還曾威脅到自身性命時，阿雄是否能和他一樣抗壓、不動聲色地祕密調查呢？哲倫所知道的阿雄，並沒有這樣的心理強度。一旦主謀者察覺風聲草動，這件事便更難水落石出了。他想起以前玩電動遊戲時，勇者在討伐魔王的冒險路上，總會集結越來越多的夥伴，齊心協力地完成使命。不過現今的自己，明明處在維護正義秩序的據點內，卻感到孤立無援……

「唉，剛載魯大出去的時候，應該順便買點東西吃的。」阿雄有氣無力地後仰著，大概想起了食物能帶來的慰藉。

「……魯大找你載？」哲倫納悶。

「他本來是想睡個午覺的樣子……但臨時被約了出去，那時沒其他人，就喊我載了。」阿雄臉上仍留著不甘願。魯大不開車，以往外出都會喊上陳桑或老江載。現在他們不在，這項工作自然落在了其他人頭上。

「知道什麼事嗎？」哲倫按捺住起伏，盡量不讓自己顯得過度好奇。

「不知道啊，沒多問，載他到河濱公園那邊後，也沒要我等，就叫我先走了。」

「大概是要和哪個女朋友偷約會吧。」哲倫笑道，但心中覺得有異。剛入分局的時候，魯大就曾帶他去該處會過線人。那邊雖為公眾場所，但多是去運動的單純民眾，少有黑白兩道的眼線。像今天這樣陰濕的天氣，更是人煙稀少。一旁的跨河架橋，在離峰下午也鮮有車輛經過。

「咦，你又要出去啊？」阿雄見到哲倫拾起桌上的車鑰匙。

「是啊，突然想起還有事要跑一趟。」

哲倫緩步踏出刑事組辦公室後，立刻快速奔了下樓，明白這機會就像被風吹起的黑幕空隙，一縱即逝。河濱公園離分局不到十分鐘的車程，如果運氣夠好，說不定能在魯大與見面對象結束談話前趕到。他有強烈的預感，魯大出岔子的計畫還沒收完尾，仍有證據尚待湮滅。這幾天他所接觸到的人事物裡，很可能就有讓事件明朗化的關鍵。

6.3

駛達河濱公園時，即使比預計的時間還快了兩分鐘，哲倫仍擔心慢了一步。他不知道魯大與見面對象確切的相約時間，也不知道兩人會見面多久；唯一確定的是，魯大會臨時這樣趕著出來與人見面，絕對不是件小事。

魯大屬於資深的老牌刑警，黑白兩道都吃得開，破案情資主要仰賴於所謂的『交情』。關係長期經營下來，許多案件都可以水到渠成地偵破。但這種交情的培養，是雙方的；有取就有給，私底下錯綜的關係很難見光。有些走偏的刑警，更會直接把這些交情昇華成不分你我，讓單純的買賣變成入股合作。而魯大走得多偏，其實分局內的人都略有聽聞。身為刑警對他來說，更像做生意時方便遞上名片用的頭銜；辦案什麼的，只是副業。不過也就只是聽聞，沒人有證據……或是有證據的人，不方便檢舉。

哲倫已經很久沒見到魯大在案件上勞神，更別說是臨時的獨自赴會。如果不是發生在這時間點，或許還真會猜他是要見情人。魯大離婚過兩次，雖然現在是單身，但曖昧對象一直不缺乏。聽說陳桑的老婆還曾是魯大的前女友，不過相信他們走得近，並不是因為這層『表兄弟』的關係。

細雨過後的公園內，冷清地連麻雀都見不到幾隻。從停妥車到運動步道的路上，除了一台騎遠的自行車，哲倫幾乎未看到其他人影。公園大部分的區塊都是草地，視野很廣，稀少的人煙讓他覺得頗不自在。這對於找到魯大的蹤影固然方便，但這也意味了他自己的行跡容易曝露。哲倫走得謹慎，不讓步伐超過視線擴展的速度；若是讓魯大發現他也出現在此，肯定會起疑。

哲倫朝著河濱的方向前進，在爬過道草坪斜坡後，終於見到了動靜。不過並不是人，只是隻在河畔邊伸展翅膀的水鳥；哲倫不熟悉鳥的習性，但那樣子看起來像是伸懶腰的模樣。正當神經稍微鬆懈時，遠方高處一對佇立在跨河橋墩上的人影，讓他馬上反射性地壓低了頭。

沒有錯，雖然只瞥到一眼……但那其中一位絕對就是魯大。他抽著煙、靠在欄杆上的傲慢姿態，就算是出現在『尋找威利』遊戲畫裡，哲倫也有自信能不費功夫地認出。將身子縮回斜坡下的他，感到腎上腺素激飆了起來。離他們大概有一百多公尺遠的距離，雖然不可能聽見對話，但至少可以知道與魯大見面的是什麼人。

哲倫閉住氣，稍微探出了頭，再次往橋墩上望去。那兩人相隔約一公尺，仍在原地交談著；從他們並未有任何警戒反應的情況看來，應該是未察覺到第三者的出現。哲倫仔細確認了兩人面容，左側的那一位的確就是魯大，而右側的人物……則有些預期外。原本以為與魯大會面的角色，若不是同樣穿著花襯衫的粗漢，便是帶有白手套氣息的陰森男子。但此時無論怎麼打量，對方都是個再普通不過的年輕女孩。

這……難道魯大真的是來會女朋友的？他忍不住納悶。

那女孩纖細的體態，與魯大粗獷的身軀形成強烈對比。對談一陣後，魯大掏出幾張鈔票放進了女孩伸長的手掌裡。她身上的紅色運動服，經細看後，像是一般女高中生的體育服。連未成年的都不放過嗎……或許是自己也有妹妹的緣故，哲倫感到陣難受。

所幸，兩人間並未出現任何親暱的動作。魯大在遞過錢後，女孩似乎未滿意，不甘被簡單打發地交涉著，而魯大的神情也逐漸厭煩起來。兩人交談許久，並沒有能達到共識地樣子，女孩開始不耐地左右張望，甚至一度看來了哲倫身處的方向。在魯大隨著轉過臉之前，哲倫趕緊蹲低，躲藏回草坪斜坡後。跟監的事一但被發現就會很麻煩，他尚未想到理由，要如何像魯大解釋自己也碰巧出現在這裡。不過在女孩清秀臉龐轉來的瞬間，哲倫忽然覺得有點面熟，只是一時想不起在哪見過。

為保險起見，他決定換個更隱蔽的角度觀察，但放眼望去，並沒有較理想的去處。翻過草坡的前方，有座大型英文字母的造景，不過貿然衝去太過冒險。若是先沿著丘陵移動到橋墩下方再接近，應是比較安全的路徑……正當哲倫跪在草地上考慮著方案時，突然有人在後抱住了他的腰。

「?!」哲倫吃驚地回頭。

「No! Fido, no!」一位體格高大的金髮洋人，在哲倫身後怒喝道。

不過對方並非朝著哲倫斥喝。從後抱住哲倫的並不是人，而是隻土色的壯碩大丹狗。那洋人很明顯是牠的主人，手裡捲著的繩索並未綁在狗脖子上。

「喂……停啊！住手！」哲倫慌張喊道，顧不得那扣上腰的狗臂到底該稱作手還是腿，也沒意識到這抗議可能只有自己聽得懂。

大丹狗的肌肉發達有力，瞬時就讓哲倫體會到了人類的脆弱。他試著扭轉情勢，卻越演越糟，上半身完全地被壓制在草地上，連腰都挺不起來。倉皇掙扎間，他已聽不見能用來溝通的文明，耳邊只剩下野性的喘息聲。一幕曾在國家地理頻道上看過的片段，出現了在哲倫腦裡。那是隻青筋佈滿身軀的雌獅，正跳上斑馬，將臂爪緊鑲在對方腹部的畫面。那隻斑馬激烈扭跳，但獅子知道，觀眾也知道，儘管稍後會進廣告，這些舉動都無益改變牠數分鐘後將嚥下最後一口氣的命運……

「Hey, buddy, you okay?」忽然，腰部一鬆，有意義的人類字語又再度出現。

哲倫跪在草地上，失神地向後看去，直到數秒後焦距集中，才明白自己已脫離險境。狗主人正將繩索扣上大丹狗的項圈，將狗緊拉在後，防止牠再度撲前。但那隻大丹狗本身，絲毫沒有感覺到事態的嚴重，只是吐著牠鞋拔似的大舌頭愉快哈氣。彷彿剛才的生死搏鬥，是哲倫單方面的獨角戲。他狼狽站起，未對那洋人伸過想幫忙的手領情；尊嚴盡失後，這是哲倫僅剩下的骨氣。

狗主人邊拍著狗的身子，陸續又對哲倫說了串他聽不懂、只能猜測是道歉話的英文。一旁的大丹狗仍恣意搖晃著尾巴，雖然不熟悉狗的習性，但哲倫不認為這舉動帶有任何悔意……不論牠是發情也好，是單純想玩角力遊戲也好，他不免一股怒氣湧上。

「You son of bitch!」哲倫漲紅臉，將所會最長的英文粗話對狗罵了出口。妹妹以前常把流浪狗撿回家養，他那時就不覺得眼前這種傻愣又會隨地小便的動物可愛，現在更確定了這點。

狗主人見狀，只好識趣地聳聳肩，牽著大丹狗繼續朝人行道上慢跑去。望著他們若無其事的離開，哲倫仍能感到腰後隱隱作痛，心有不快。可惡，溜狗沒繫繩，又有縱容寵物攻擊他人的嫌疑，至少要罰個……唔……多少呢？他試著回想以前讀書考試時熟念過的社會秩序維護法條，卻發現早生疏。不過襲警的妨害公務罪，倒還很熟悉。如果英文再好一點，或不是剛好有要事要辦的話……想到這，哲倫才發現自己分了神。

他急忙探出斜坡頂，朝剛魯大所在的橋上望去，竟已不見兩人。哲倫大感不妙，雖然已瞥見他會面的對象，不過只引出更多疑惑，對那女生的背景和見面目的仍是毫無頭緒。幸運地，在原地張望了一圈後，哲倫終於在遠方一片綠中又找到了魯大的花襯衫背影。他獨自快步，正沿著陸橋下來的人行道走遠。並沒有見到剛與會的女孩身影，想必是刻意避嫌，朝河橋的另一頭離開了。

哲倫籌思起。魯大從這離開，很有機會只是回警局，繼續跟蹤他可能什麼斬獲都沒有；但另一方面，若改跟監那女孩，或許能從她的身分尋到一些端倪。而且對方不認識自己，若有需要接近也容易。現在趕緊腳步，應該不難跟上女孩。打定主意後，哲倫邊確認魯大已消失的背影，邊朝橋上小跑去。

他腦裡再次浮起女孩似曾相似又無害的清秀臉龐，不知該如何去預想她與事件的連結。不過再純淨的布幔下，都可能掩蓋著髒污；事情之所以需要隱藏，就是因為不適合見光。哲倫明白……人的罪行和影子一樣，會隨著時間越拉越長。

7.1

當早上見到杰爵提著飯糰和飲料回到網咖包廂時，怡萱才意識到自己睡著了。又餓又累的她，忍不住直望著那袋食物。前晚牛肉麵一口都未來得及吃，已經超過一天沒吃東西了。更過份的是，通宵未睡的整晚，店內滿是泡麵香溢；彷彿每個人來網咖的主要目的，就是吃泡麵。不過她的期待很快地轉為失望。杰爵從塑膠袋內雖拎出了兩杯飲料，但飯糰卻只有一份。

「要豆漿還是米漿？」他皺著眉頭問。

「都可以。」

「那豆漿吧，我要喝米漿。」杰爵粗魯將其中一杯飲料和吸管推前，大概也察覺自己問得多餘。

怡萱道謝低頭接過，眼神卻無法忍住不去看桌上的那袋飯糰。對方雖然需要她留下找到失蹤的小薇，不過原本起因就是自己，本來就得負上完全責任。所以他即使只提供了一杯豆漿當早餐，也算是仁至義盡了……想到這，怡萱對剛起食慾的念頭感到愧咎。起身讓杰爵回到原先靠牆的位置後，她捧起溫豆漿。

泡麵的氣味其實要比豆漿強烈很多，即使早上還未有人在網咖內點餐，仍有昨晚的撲鼻錯覺。但奇妙的是，豆漿的純香，仍在麻痺的嗅覺中脫穎而出。她不禁聯想到，之前在學校打掃時羨慕的蓮花也是一樣，似乎都有著不受周圍影響的特質。沒想到豆漿和蓮花，會有這層共同點……

「喂，妳有那麼渴嗎？」

怡萱聽見杰爵不悅的語氣，趕緊放開嘴裡含著的吸管，擔心是否又失態了。雖然自己不覺喝得快，但豆漿的確已快見底。她常思索在學校自己究竟做了什麼惹得大家討厭，或許就是像這樣，無意識地得罪了人。

「妳豆漿一下就喝完，等一下飯糰怎麼吃？一口飯糰一口豆漿學校沒教嗎？」

「飯糰？」怡萱遲疑問道。

「瞎的喔，桌上是什麼。」杰爵用拎著米漿杯緣的那隻手，指了指桌上的塑膠袋，裡頭的飯糰仍原封未動。

「你不吃嗎？」怡萱當然有看到，只是沒想過是要留給她的。

「看起來就很難吃啊，我要等小薇回來以後才去吃好料的。」

杰爵露出對桌上食物一點興趣都沒有的表情。而昨晚的泡麵氣味，也完全沒有吸引到他；連吃了幾天的泡麵，現在一聞到就覺得反胃。網咖門口附近，除了這家專賣飯糰的攤車，並沒有見到其他選擇。除了不想離開太久，另一個只買一份飯糰的原因，是皮夾內只剩下幾張百元鈔票。他還沒餓到非吃不可的地步，所以能省一餐是一餐。

雖然對方已經明白表示，怡萱還是有些遲疑，直到杰爵再次瞪來，她才趕緊拾起桌上的飯糰。昨晚聲稱犯案殺人的事，他是認真的嗎，還是故意想嚇唬人？怡萱總覺得能一次狠心奪走三條性命的人，應該還要更沒人性才是……

「還有，我昨晚想過了，因為我們馬上要離開台灣，所以臨走前小薇可能是想多去見幾個朋友。」

「可是去了那麼久……」

「她朋友很多啊！每個人耽誤一下不知道就幾天了。」杰爵強硬反駁到，也或許這樣說，才能讓自己心情平靜一點。

怡萱識趣地不再多話。由於兩人間能說的有限，所以不刻意找話題，應該是彼此都輕鬆的方式。杰爵飲料喝了兩口，便自顧自地用起電腦，隨意點了部在網路上找到的布袋戲電影來看。

「喔幹，怎麼都是國語配音？」看了三分鐘後，靠在椅背上的他開始抱怨。怡萱由於平時沒看布袋戲，所以無法對那違和感同身受。那種突兀，是不是就像杰爵把自己誤認為小薇，卻聽見自己會說話一樣的感覺呢？

「那個，吃完以後……我想說，去外面找找看。」等杰爵不耐地找起其他影片時，怡萱提議道。一定有更好的辦法。即使還沒打定接下來要怎麼做，但她知道繼續在網咖裡空等，不會讓情況好轉。

「那小薇回來沒見到人怎麼辦？」

「……你在這等啊。」她發現自己的意思不夠清楚。

「妳是想趁機跑了吧。」杰爵表情一變，翻回頭瞪道。

「不是，我只是覺得……」

「就說不行！聽不懂喔，給我在這等著！」未等怡萱解釋完，他便把未喝完的米漿用力拍向桌，泥濁色液體像火山爆發似地從杯蓋口濺灑開。桌面的電腦鍵盤遭到最直接的波及，雖應是沒防水功能的平價品，但從鍵帽上早已沒字母而仍未汰換的情形來看，擦抹過還是可以繼續服役下去。

怡萱止住未脫口的字語。長期相處的阿姨也不算脾氣好的人，所以對突來的咆嘯並不陌生。但從對方拳頭裡的顫動，她忽然理解到眼前男生的動怒，更複雜得多。那憤怒，像出自於恐懼，恐懼再也見不到小薇……她想起父親離開時的失落，或許表達的方式不同，但內心的空虛一定是一樣的。

「所以……你也害怕一個人，想要我在這裡陪你等嗎？」怡萱抿嘴說著。

「白痴喔，誰要妳陪。」或許是因為不知道怎麼轉變情緒，杰爵停頓了一下才嗤之以鼻地回答。

「那……」

「嘖，妳有聽過臉盲症嗎？面盲症？」不願對方胡思亂想，杰爵決定把事情說清楚。

「……我知道夜盲症，是類似那樣嗎？」

「反正，就是沒辦法認人臉啦。我一回頭，就會忘了妳長得怎麼樣，這樣懂沒？」被反問的杰爵，也不知道怎麼回答，只好繼續不耐地解釋。怡萱楞楞點了頭，就像是上課時老師在講台上問到有沒有聽懂，即使是打瞌睡中，大家也都會反射性地點頭。

「所以，妳不准走。要留在這裡……幫我認小薇。」他彆扭地說完後便板起臉孔，彷彿這樣就沒人敢輕視。

怡萱靜靜地不再說話。對方需要自己……若小薇是被風捲走的風箏，那自己就是能幫他重新連結上風箏的繩子。想到對方這樣的處境，怡萱不免同情起來。他肯定非常愛小薇，可是小薇的臉孔，永遠沒辦法留在他腦海裡。怡萱無法想像，記憶中父親僅有的最後存在，成為了一張空白面孔。

7.2

用完簡單早餐後，杰爵與怡萱回到了網咖門外等待。雖然是同一個地點，但相較於封閉的包廂內，捕捉到小薇身影的機會，似乎一下大了很多。當然這『守備範圍』屬安慰性質的成份很大，若在這街頭能見到小薇回來，其實也只是比在包廂內等早快上兩分鐘而已。

怡萱對所謂的臉盲症還是一知半解，雖然應該是自己想太多，但她開始懷疑這症狀會傳染。眼前只要一有年輕女性走過，她就會不自覺地緊張直盯著對方看。好幾次，明明是一點都不相似的路人，怡萱卻將她們看成了小薇。不過真正影響到她的，也有可能只是一旁杰爵草木皆兵的態度。他警覺地觀察每一個路過的行人，就連男的也沒放過。

「所以，你是喜歡小薇哪裡呀？」為了不讓神智過度緊繃，怡萱試著聊天。這問題一點都不難，小薇全身上下都是優點。如果自己是男孩子，應該也會喜歡上她。

「妳管我。」杰爵挑起眉毛，但沒看向她。大概是已確認身邊的人不是小薇，所以完全沒有看的必要。

她識趣地噤聲，異想著當初碰面時，如果自己未開口，是不是就會一直被當成小薇，不用再寂寞地生活下去？不過稍微認真望去那畫面後，就趕緊在魔鏡扭曲前將頭別開了。那鏡子中的倒影，醜陋得讓她不認得自己。不知不覺，兩人等了整個下午。除了中間曾進過網咖內上廁所，他們就像衛兵似的守在店前。

直到路上出現穿著同校制服的學生放學經過，怡萱才意識到已經黃昏了。幾天沒去上課，她有種罪惡感，而當想到班上同學不會有人對自己的缺席在意，甚至是連發現都沒發現時，那感覺又變成了不甘的自棄。有沒有她存在於這世界上，好像對任何人都不重要……怡萱惝恍若失地低下頭，在望到身上屬於小薇的衣裳時，才想自己仍有存在的意義，趕緊打起精神。不過抬頭後望到的第一眼，瞬間讓她僵住。一個熟悉的臉孔，正從她面前經過，但並非小薇，而是同班坐在隔壁桌、那個常被同學們識為是自己『男朋友』的王傑銘。

「欸，沒幫你馬子交旅費，不怕她跟別人睡喔？」與他一同去補習班的男同學戲問著。

「送你啦！」王傑銘厭惡地推了對方一把。

偶然聽見兩人互相捉弄的戲言，怡萱心一抽。原來在校外，自己也是大家開玩笑用的題材。那些平時被嫌臭酸、甚至是課本被對方刻意丟進垃圾桶的的羞挫，明明在發生的當下可以淡然面對，這時莫名其妙地全如浪般撲了上來。怡萱縮起身子，無地自容地想一頭鑽回網咖內。原來人的感覺……就像是被惡作劇藏起的便當盒，藏久了便會發酵出味。

「幹嘛，想大便？」杰爵注意到她不自然的屈身。

「沒有……看見同班同學而已。」怡萱臉色鐵青地說道，吸上氣後，才敢再朝行遠了的兩人望去。不知道是不是因為打扮與平常形象完全不同，王傑銘完全沒察覺才與剛取笑的對象擦身而過。

「怕蹺課被抓到喔？」杰爵哼聲，就算未留心，也注意到了怡萱的表情變化。

「不是，突然想到平常的事，有點不舒服……」

「什麼事，被欺負？」

「也不算……只是他們喜歡惡作劇，會偷藏或把我的東西扔掉。」

「白痴啊，那就叫欺負好嗎？」

怡萱沒再應聲，看著自己的鞋尖，像是被斥喝過的小孩子。雖然沒想隱瞞自己在學校毫不出色的事，她仍有些後悔把事情說出來。

「妳這等著，別走。」扔下這句話後，杰爵突然拔步離開。

終於餓了嗎？望著對方背影，怡萱猜測。直到杰爵越走越遠，甚至消失在街尾轉角時，她開始覺得不太對勁。一直把自己控制在視線範圍的他，怎麼突然放心了呢？如果是要買吃的，應該不用跑得那麼遠，街邊就有幾家賣晚餐的店。腦裡空轉了一陣後，她忽意識到，剛才兩個同班男同學也是朝著一樣的方向去補習班，一股不安的念頭跟著冒出。數分鐘後，杰爵終於走了回來。

「你不會是去找他們吧？」怡萱緊張問道。

「是啊，只是去問個話啦。」

「問什麼？」她更感不安。

「問他們是不是愛欺負人，覺得自己很厲害啊。」

「……結果呢？」

「那兩個屁孩傻在那說不出話，所以就給了他們幾拳。」杰爵若無其事地聳肩道。
「你怎麼突然打人?!」
「哪有突然，給他們機會說話了好嗎？」他望向右手拳頭，用另一手抹著指關節，好像是沾上了什麼髒東西。
「他們沒事吧？」怡萱踏離了兩步，有著想去查看的衝動。
「沒事啦，流鼻血而已，牙齒應該沒掉，不過其中一個哭了就是。」說到這時，杰爵覺得好笑。
「你幹嘛啊，幹嘛打他們?!」她皺眉急責問道，第一次用了這樣的態度厲聲和他說話。
「哼，他們那種人，就是要這樣處理啊。」
「覺得欺負人不對，那你不是也在欺負他們！」即使知道對方是為自己出氣，她還是難以認同。
「不然咧，妳以後上課還是想被繼續欺負嗎？我國小也是有白痴同學愛拿我名字亂取綽號，到處喊班上有什麼蒼蠅和大便蟲的，學校弄不清楚還真找了市公所來噴滅蚊藥！」回想到自己名字的諧音被戲稱作『ㄔㄔ』的杰爵，也大聲了起來。「到最後我不想再忍，給了亂喊的同學一拳後，班上從此沒人敢再那樣叫我。妳也早該這樣了，懂不懂啊？」
杰爵義憤填膺說完後，漲紅了臉。他還是沒覺得自己有什麼不對。以暴制暴，由他的人生經驗來判斷完全行得通。如果說有什麼該檢討，就是自己當初忍了太久，應早一點給對方教訓制止的。

怡萱垂下臉，雖然不認同他所說的，但更不知如何反駁。畢竟如果她知道如何做才是正確的話，在班上就不會是這個處境，更不會有現在這個爭論。學校上學期也舉辦過反霸凌的作文比賽，那時國文老師讓每個同學都寫了文章參加。雖然班上有人得了第二名，但除了分出大家文字堆疊技巧的高低，這活動沒能改變什麼；依舊沒人願意與自己分組討論，得獎的同學在收作業簿時，也仍是會刻意漏掉她那份……。

原本以為上高中後，就沒這些煩惱了。不過怡萱意識到現在無家可歸的情況，有可能讓上高中這件事變得很遙遠。接下來的事更是一片茫然。她很羨慕小薇與她男朋友。如果自己能有相同的精神依靠，感到寄託的溫暖，或許她早就有反抗命運的勇氣。

7.3

入夜後，室外的氣溫再次冷得讓人難以忍受，杰爵和怡萱如前一天地回到網咖包廂等待。所幸早先的意見相左，並沒把兩人本來就疏離的關係弄得更僵。相反地，怡萱在杰爵在櫃檯點了兩碗泡麵後，起了是否要向對方道謝的猶豫。並不是因終於能嚐到那有著特殊誘惑的即時湯頭，而是他為了不相干的自己出手。他與小薇看似完全不同類型的人，不過能成為男女朋友，一定有本質上的相同處吧？怡萱在心裡想著。不論是有意或無意，但這對情侶的確先後讓她感受到了自己與這世界的連結。

「你們出國以後，什麼時候會回來呢？」才拆開筷子的怡萱，望著狼吞虎嚥的杰爵。

「不會回來了吧。」他趁著吸食的空檔回話，食物的味道在傳遞到味蕾前，就被吞進了胃裡。雖然對味精刺激已麻痺，但泡麵的高熱量仍是需要的。

「為什麼，不會想這裡嗎？」她有些詫異。

「這裡哪有什麼好想的啦。」杰爵直白答道。台灣對他來說，已經沒其他東西好留戀了。只要能與小薇在一起，就算是住在月球也沒關係……有她的地方，就是家。不過這樣肉麻的想法，杰爵只是放在心底，連對小薇也沒說過。

怡萱不知為什麼，突然感到些失望。小薇提到這件事時，也有相同的感觸，雖然明白這對情侶與自己本來就非親非故。對他們來說，或許與自己就只是萍水相逢的關係……連友情都稱不上是。童話中的玻璃鞋，也在王子與灰姑娘重逢後就不再被提及；她對他們的重要性和意義，就只存在於眼前的時間點上。她拾起衛生筷，試著讓泡麵的濃郁蒸氣讓心情釋懷。

一通簡訊鈴聲刺耳響起，出自與杰爵擱在桌上的手機。他還未來得及切斷麵條，就趕緊拾起電話查看，隨後泛上複雜的表情和一聲粗話，陷入沉思。

「小薇的消息嗎？」怡萱觀察杰爵的眼神變化，感到不安。訊息仍顯示在他扔回桌面的手機上，不過在她能細讀完前，螢幕便轉黑了。

「在他們手上……不過至少知道她在哪了。」並沒有直接回答。字面上意思雖不妙，但他的語氣卻有種鬆緩感。或許是耐心已被磨完，所以情況再差也勝過這樣無頭緒的等待。

望著杰爵站起，正想詢問小薇的情況和所謂的『他們』是誰時，怡萱突倒抽了一口氣。他邊起身，邊從背包掏出一把直角尺狀的黑鐵，塞進了腰際後頭。而那黑色物體，怎麼看都像是一把手槍。

「那個是……真的？」

「別廢話，看好這裡東西，我很快就帶小薇回來。」杰爵面無懼色地交代，彷彿要對付的『他們』，就像是傍晚教訓那兩個國中生一樣輕鬆。確認外套蓋妥，便快步離開了網咖。語塞的怡萱，連再見都未來得及出口，只是楞坐在包廂內。

他要去見面的對象是什麼人？小薇為什麼又會在他們那裏？怡萱越去思考，就越弄不清頭緒，只知道所有的事都在自己的能力範圍外。好像走進層層的白霧裡，意識到什麼都看不見時，已經走不出來了。

而小薇回來後，自己更沒有顏面去面對她。如果一開始不是因為提到旅費的事，她根本就不會身陷現在的處境……怡萱突然有想逃開這一切的念頭，就像之前奔離家門一樣。只要離開，那些羞恥的、不安的情緒和罪惡感，就會留在原本的地方。

反正原本留在這裡的理由，已經都沒有了。她望著桌上冷卻油膩的泡麵，不再感到眷戀，毅然地朝門外快步走去……只是經過櫃檯時，被開著新聞的電視畫面給停住了。

「……稍早打撈上岸的浮屍，雖然已有腫脹，但警方從死者身穿的學生外套，很快地就鎖定是三天前離家失蹤的李姓國中女生。死者母親在確認女兒身分後，強忍著悲痛……」新聞標題是『疑學業壓力大，逃家少女跳河輕生』。

那聲音凝結在空氣中，網咖內其他喧鬧聲自動被過濾般地在怡萱耳邊消失了。

「……死者的左腳仍穿著拖鞋，而警方在附近的河橋護欄上，也就是記者現在的身後位置，發現了這單隻同樣款式的右腳拖鞋，因此研判死者是由此處攀爬，踩上她人生最後的階梯，一躍而下結束自己花樣年華的生命……」冷風中的女記者站在河橋行人步道上，即使被髮絲勾得面目全非，仍生動報導著。身後的護欄高度比她略低一個頭，由幾根光滑的金屬橫杆平行構起，頂端平台的寬度，剛好正夠一個人站立。記者口裡的那隻紅白膠鞋，朝著黑夜遺留在護欄頂端，在鏡頭中被強光照得如水晶耀目。

怡萱縮在小薇皮靴裡的腳指頭，突然感到一陣冷顫。她三天前從家裡穿出來的，就是和畫面一模一樣的紅白拖鞋。記者未解釋為何左邊拖鞋仍緊穿在死者腳上，畢竟以常理來說，早該甩落漂遠了……但怡萱害怕地發現，她似乎知道原因。

8.1

慶環抱著胸，動也不動地盯著桌上一份攤開的檔案夾，彷彿尊入定的達摩像。旅館密室殺人一案的證物分析和鑑識報告全都已經收到了。有一點可以確定的是，嫌犯的心思慎密。從血跡濺彈的分佈和警槍上無第三者指紋看來，嫌犯行凶時應該是穿著雨衣和手套。現場沒有留下任何能鎖定嫌犯身分的蛛絲馬跡，不過其中一件證物上的指紋卻讓他很在意。指紋主人的身分很容易地比對出來了，雖不是與兇殺現場有絕對的連結……但就是不自然。究竟是在什麼時候，又為什麼沾上的呢？

慶苦思，同時希望自己不是在鑽無關緊要的牛角尖。能擢升到刑事警察局偵查大隊的副大隊長位置，辦案能力是無庸置疑的，只是在跟了Tina之後，主要工作便是依照她的推理方向去找到相關證據。像這樣不受指使、自由的去思考案情，其實有些不習慣。

隊上其他同事則都在過濾議長案發前後對外的聯絡，希望能找到買兇滅口的線索。議長與當天案件關係人的連結也是偵查重點，尤其是對幾位負責證人保護的分局刑警的背景調查。畢竟證人隱藏住所被洩漏，房內的咖啡更被摻入安眠藥，很明顯地有內部涉案。他們之中，魯姓小隊長的行為操守是較受爭議的，雖然都是未證實的傳聞，但慶還是決定提出監聽申請。

至於幾分鐘前才剛進辦公室的大隊長Tina，正翹著腿在位置上吃可麗餅。經過多天的努力，傍晚時慶終於成功買到了。

「呃，Tina，妳要不要吃的時候順便看一下？」慶扭動僵硬的脖子時，注意到Tina桌上那疊案件資料連翻都還沒翻開過。為了讓案發搜查後就沒進過辦公室的她能快速跟上進度，他已經先歸納整理出重點了。

「可是那麼多字。」Tina皺起眉頭。

「那……我把重點先和妳口頭報告一下。」慶晃了晃發麻的手臂，心想趁這機會重新思考案情也是好事。

「其實喔。」

「怎麼了嗎？」正準備翻開Tina桌上文件的慶頓了一下。

「這個根本沒有很好吃。」Tina撇了撇沾著奶油的嘴角。

「這樣喔……」

「他們這樣算廣告不實吧。」

「呃，不算啦，那個廣告本來就不是要推銷可麗餅的，是在宣傳他們的購物網站……」慶解釋道。

「所以你在他們的購物網站上買到的？」

「不是，這份粉條可麗餅，基本上是分兩家店買的。」

「什麼意思？」Tina瞇起眼。

慶猶豫了一下後，決定還是從頭解釋起。今天中午的時候，終於接到了廣告製作公司助理的電話，但答案卻完全在意料之外。

「可麗餅？就是車站地下美食街那家啊，好像哪裡也還有分店的樣子。」那位助理理所當然地回答道。

「呃，是嗎？可是我有打電話問過，他們說沒有裡面有加粉條的那種口味。」

「喔，你說粉條喔，就那家可麗餅隔壁甜品店賣的啊。」

「不，我是指……等一下，妳的意思是，粉條和可麗餅不是一起的嗎？」

「對呀，拍廣告那天啊，公司要我去找上相漂亮的甜點回來當道具，我逛老半天以後，覺得可麗餅和粉條都不錯，但又不能決定買哪個好，打電話問他們又不接手機，所以就只好兩種都買回來給他們決定啊。沒想到粉條那小妹沒蓋好碗，回來的時候一團都混進可麗餅裡面，好險那個糖水有被面紙吸掉一點，不然喔……好險最後總監看到的時候，覺得混在一起入鏡的效果也不錯，說餅皮濕掉的地方P掉就好……不過我後來去日本玩的時候，有看到一家鯛魚燒，好像叫若葉的，如果那時候……」

雖然中間打斷對方的興致有些不好意思，但慶當時還是道謝完就掛上了電話。趕緊買回來那兩家店的可麗餅和粉條後，依樣畫葫蘆地把海報中的甜品做出來。

「嘖。」聽完經過的Tina，對手上的可麗餅更加沒興趣了，任溢到邊緣的奶油和粉條沿著包裝紙滑落。

「那個，如果不想吃的話就擺著沒關係……我們先把資料看過一遍，然後再決定晚餐妳想叫哪一家的便當。」除了擔心可麗餅餡滴上桌面文件，慶更緊張Tina會一不開心地就又回家了，趁她還沒發酵工作外的情緒前，簡要明瞭地報告了這幾天的進度、證物鑑識結果，以及準備監控的嫌疑人。

「喂，等一下，你們現在為什麼還要查這些？」Tina聽到一半便出聲打斷。

「因為這次的案件並不單純啊，嫌犯身分、犯罪方式和找到的可疑證物都沒辦法整理出連結。」慶忍不住苦笑，重新翻開才剛報告完的證物檔案夾。頂樓的繩索雖能垂降到房間窗戶外，可是根本沒有足夠的支撐讓人攀進；下了安眠藥的咖啡能讓兇手順利奪槍行兇，但問題是當時執勤的刑警們根本沒喝下……

「管他單不單純，兇手身分我不是早講過了嗎？」Tina一副莫名其妙的表情。

「妳說旅館負責人嗎？我們有櫃檯內的錄影片段，可以排除他的……」

「什麼負責人？那天收隊前，我應該有清楚和你講過兇手身分和犯案手法了吧。」Tina皺起眉頭，似乎完全忘了她當晚直接睡倒在走廊上的事。

「不，妳還沒講就……然後又都沒……」慶驚訝之餘，勉強地回答道。

「嗯，沒有嗎？但就算我沒說你也應該想到了啊。」

「抱歉，雖然多想了好幾天，但還是覺得蠻複雜棘手的……」

「其實和可麗餅是一樣的嘛。」

「什麼一樣？」

「這次的案子。」

「？」慶仍是不明所以。

「你被另一件沒來得及發生的殺人計畫給混淆了。把兩件事分開看，就知道沒什麼了不起的。」稍早還堅信粉條可麗餅一定很好吃的Tina，這樣說著。

只要把可麗餅和案件分開嗎？慶認真思考起，隨後意識到她的意思是……旅館證人命案看似複雜的現場，有兩套殺人計畫？只要把混在一起的拼圖分開，或許就能看出真相。

「但如果不去考慮那些矛盾的證據，密室的問題就能解開了嗎……」慶試著回到案發當晚的進度。那時的Tina，就已經看破犯案手法了？

「喏，給你一個提示。原本要佈置成殺人後自殺現場的房間，為什麼要把隔開客廳和床的那張簾子拉起來？」

被拉起來的簾子……一直都沒有去思索它的重要性，原來是看破犯案手法的關鍵嗎？慶冷靜思索。嫌犯的這個舉動……是想遮掩證人的屍體被發現？但就算如此，也只能延遲幾秒的時間而已吧……？

突然，一個想法閃過慶的腦海。他趕緊撲回自己桌面，盯著剛才那枚不自然的證物指紋報告。他意識到，不光是明白嫌犯的身分和犯案方式……現在連逮捕對方的證據都有了。

9.1

晚間接到臨時召回通知後，哲倫未有耽擱地趕到了警局。分局偵查隊目前手上的首要案件，金麗閣酒店槍擊一案有了重大進展。槍殺副店長的疑犯仍逍遙法外，不過稍早接獲可靠線報，因恩怨未了，槍手今晚很有可能再次上門犯案。雖然他與阿雄未經手此案，仍被要求支援這次任務。由於收到通知有延誤，當哲倫抵達辦公室後，才發現刑事同仁都已趕往現場埋伏了。

一樓有幾位制服員警忙著整裝，詢問後知道他們將負責外圍支援。正當哲倫考慮要搭便車一同前往時，瞥到警局門口外徘徊了個身影。是個年輕女孩，抱著背包不時地往裡頭張望。若是平常，他大概不會在意，畢竟接待民眾報案，不是他們刑事組的工作。可是外頭女孩子的穿著，看起來格外眼熟。

「有什麼事嗎，小姐？」哲倫偏著頭，步出了警局。

「我要……報案。」女孩睜望眼他身上的配槍，猶豫說道。

近看以後，哲倫意識到對方年紀比他預想的小一些，甚至比當年讀高中的妹妹更稚氣……不過，為什麼會有這樣的預想呢？現在小女生穿著本來就愈趨成熟，一件可愛白洋裝配上緊身牛仔褲和馬靴，並不算是過分超齡的打扮。

「是關於新聞上下午找到的那個自殺女生。」她接著補充，輕抖蒼白的嘴唇看得出是強忍著慌張。

「呃，哪個？」這幾天光自己手上的事就已忙得焦頭爛額，哲倫未有時間去注意其他案件的新聞。

「就是在河濱公園發現的學生……李怡萱。」念出自己名字時，怡萱感到一陣與亡者重疊的不真實感。彷彿是在夢裡從空中往下望，見到自己的臉孔浮上河面。即使已驚醒，一種抗拒感仍窒悶地留在胸口。

確定新聞中的死者就是小薇後，怡萱不禁想到以前被同學斷定生命將至的事。小薇就是因為穿了自己沾染不幸的衣服，遭到死神誤認，不會再回來了……帶著那張溫暖的笑臉，去了比國外更遙遠的地方。

「妳說今天在河濱公園發現了女屍嗎？」哲倫驚問，不過當然不是那姓名的緣故，而是屍體發現的地點。昨天那穿著學校運動服、與魯大在橋上見面的女孩臉孔，再次湧入腦裡。

「對，新聞說在河裡打撈起……不過我知道，她不是電視裡說的自殺。」

「……」哲倫愣住。想起來了，他察覺眼前女生的服裝為什麼會感到眼熟。昨天下午與魯大會面的那個女孩，在旅店投宿當晚就是這樣的打扮。多虧Tina那句話，哲倫對此留下了印象。而這位同樣穿著的女生出現在面前稱說要報案，肯定不是因為因單純的流行那麼湊巧。她究竟知曉什麼，又或和魯大有什麼牽連嗎？連串的問題積堆而上，當下又急需趕去任務現場……哲倫一時不知該怎麼處理。

「她一定是被人害的……但我來這裡，是想你們去救一個男生！有人騙他說那女生還活著，要他去見面，我怕也是想要殺他，拜託！」懷裡抱著小薇和杰爵兩人物品的怡萱，不禁激動起。小薇的性命已挽不回，但她還有機會可以救杰爵。這一次面對詛咒的挑釁，她不想屈服，她不想再有人因自己而遭受不幸。

「他們約在哪裡？」

「我不是很確定，好像是去……金什麼的酒店。」怡萱試著拼湊先前杰爵一閃而逝的手機畫面。

「金麗閣酒店?!」他試問道。

「啊，對！你怎麼知道？」

哲倫緊繃住臉，以免顯得比對方更驚訝。眼下線索如荊棘般從四方八面擁上，卻又盤結地不知如何下手解開。旅館和酒店兩件乍看不相干的槍擊案，這時竟憑空浮上了連結。

「妳有那個男生的照片嗎？」

「對不起，我身上沒有……啊，不過我朋友的手機裡有影片！前幾天拍了整晚的煙火，有照到他在床上睡覺的臉。」怡萱突想到，趕緊翻起背包。

「等一下，那男生有什麼特徵？」哲倫有種預感知道對方是誰了。

「唔，瘦瘦高高的，頭髮有染紅。」

靈感印證後，哲倫倒抽口氣。果然是當晚旅館和那女生一起的紅頭男……但更重要的是，他們在房間內拍了整晚的煙火？若如這女孩所說，過程中男生都有不在場證明，或許就會洗清嫌疑。此外，那影片是否也把槍案發生時的聲音都錄下來了……？他不安地想著。

「我正要去那和同事會合，快！路上邊走邊說。」哲倫改變主意決定自己駕車，催促她跟上。

第一次坐進偵防車的怡萱，在副駕駛座手忙腳亂地扣起安全帶。魯大那晚通話的對象，相信就是那對情侶中的其中一人了……雖然不知道那影片掌握了多少證據，但家裡還有父母要照顧，不能冒這個風險。籌思後，哲倫望著身旁女孩，將車門鎖上。

9.2

金麗閣酒店這個地方，對警方來說並不陌生；在發生副店長槍擊案前，大家都已或多或少接觸過。除了它屬於較複雜的營業場所，更是所謂的『剝皮酒店』。許多略有積蓄的客人，上門後便會因酒店小姐的巧言誘惑而動了真情，心甘情願地奉上存款。事後醒悟後，有些不甘身家被絞乾的受害者會認為受騙而報案，不過這類案件很難偵辦，畢竟表面事證看起來大都是你情我願。

「影片找到了嗎？」哲倫試問道，雙手置在方向盤上。他泰若自然地望著前方路況，但腦海景色卻逐漸被拖入漆黑中；彷彿視線所見路燈，駛過前便一盞盞地熄滅。從分局開去金麗閣酒店，平時大約十來分鐘，不過今晚情況有些阻礙，哲倫不確定是否需要繞路。

「還沒，等一下喔……」怡萱尷尬回答著，不知該怎麼做。手機剛翻出後，她才意識到開鎖需要密碼。

「對了，剛才說妳朋友不是新聞裡講的自殺，當時妳在場嗎？」哲倫想起那天在河濱公園趕到橋上時，並沒有見到周遭有其他路人，但如果是在另一頭的話就有可能漏看。

「沒有……我沒有在那裡。」

「那為什麼會這樣說？」哲倫疑惑問道。

「因為我們最後分開時……她完全沒有想輕生的樣子。」

「光憑這樣不能斷定啊，妳還知道其它些什麼嗎？」

「嗯……那個，還有一點覺得很奇怪。剛電視看到，她那時穿的塑膠拖鞋還有一只是留在護欄上面的。」

「所以呢？」

「因為新聞裡說，護欄大概一百四十公分高，只是下面又沒有可以踩踏的地方。她和我的身高差不多，雖然可能可以勉強爬跨上去，但位置很窄，拖鞋應該很難剛好留在上面……而且我知道那紅白拖穿好幾年，鞋底都已經磨平了。」所謂的知道，其實就是親身經歷，怡萱好幾次在剛沖過水的瓷磚上差點滑倒。

哲倫回想起，橋兩邊不鏽鋼護欄的寬度的確很窄，或許只能勉強容下一個鞋長。而那天又剛下過雨，欄杆表面只會更滑。若穿著沒摩擦力的塑膠鞋跳河，踩的地方偏前應該就是一起掉進河裡，而踩的後一點就是滑落到橋面上，女孩的想法並沒有錯……

「呃……等等，如果她事前先把拖鞋脫下放上欄杆，再赤腳爬上跳河，拖鞋就有可能留在那了，不是嗎？」正想點頭時，哲倫想到了這個可能性。他之前見過跳樓現場，死者只穿著襪子，脫下的一雙皮鞋與遺書一起留在了頂樓。

「一定不會是那樣，她被發現的時候，左腳還穿著拖鞋，留在橋上的那只是右腳的。」怡萱搖了搖頭，但揮不去想像中小薇被打撈起時的模樣。

「落水後，拖鞋沒飄走嗎？」哲倫質疑道。以常理來說，這有些怪異。

「嗯……因為那只左腳的鞋背邊緣裂開了，走快了腳掌就會超過鞋背卡住拖鞋。」擔心對方不懂，怡萱彎腰在靴頭上用手掌比擬著鞋背，將那平時尷尬的窘樣演示給他看。

哲倫推敲著，聽懂她所想表達的後，遺下的那隻右腳拖鞋，的確很有可能是事後被人撿起放上欄杆的……而這麼做的原因，自然就是要加強死者為自殺的印象。不過，偵辦這件案子，並不是眼前的緊要工作。

「啊，好可愛，沒想到你們也會用這種。」抬起頭時，一支擱在杯架內的細字筆，讓怡萱不禁脫口。像是見到了訓導主任嚴肅眼神邊的耳際，突然插上了支粉色玫瑰花；那支筆上的大眼吉娃娃犬造型筆蓋，在掛著警用無線電的漆黑內裝中格外醒目。

「對不起，只是突然……因為平常看到的警察，都很嚴肅、很正義的樣子。」怡萱見到他挑起眉毛，擔心失言。

「嘖，順手留著而已。」哲倫原本沒打算辯解，但頓後還是沒忍住，一個大男人被冠上可愛品味總覺難受。難用的愛心筆本體已經扔了，會留下這小狗筆蓋，只是有隻寫得順手的細字筆碰巧沒筆蓋……如此而已。

但比起這，女孩單純的刻板印象更讓哲倫難受。正義的樣子……有些警察真的就是做做樣子啊。成為警察，並不會讓原本就有壞念頭的人，因此而撤頭換尾的變成好人。即使只是幾顆老鼠屎，但自己的隊上就有那種倚著正義旗幟犯法的垃圾啊。所謂的好人和壞人，從身分是看不出來的……

哲倫吞下糾正對方單純的念頭。畢竟就算知道了，也不會改變什麼。他想起國小一年級時，自己因感到有義務而戳破了妹妹對聖誕老人的期待，但她的人生似乎沒因此變得更美好。

「影片呢，還是沒找到？」他想起。此時車子已轉進了人車稀少的小巷。

「抱歉，我現在可能打不開……」怡萱猜了幾次密碼都沒成功。

「什麼意思，檔案壞了？」

「不是，我不知道密碼，因為手機是那個女生的。」

「這樣啊，除了她之外，還有人知道密碼嗎？」

「我覺得應該是沒有……啊，或是到那邊後，我可以直接和你說那男生是哪一個。」怡萱沒意識到對方問題的真正用意。

那手機裡影片的證據，真的隨著主人消逝了嗎……這情況，該怎麼做才好？哲倫在心裡摸索著，但如將手探進暗夜裡的湖底，不知撈出的會是什麼。

「那個地方，不能帶一起妳去。」沉澱後，哲倫淡淡道出決定。車子在抵達前，便在沒人煙的途中停了下。

9.3

疑犯的長相與出現時間都未知，為避免打草驚蛇，任務會合點設在金麗閣酒店兩條街外的一處公眾停車場。哲倫駛達時，停車場內只見到阿雄。皮外套裡已穿著防彈背心的他，正努力地將拉鍊拉起，顯得有些吃力。

「嘿，竟然比我還慢啊？」見到哲倫走下車門，阿雄揶揄道。平常都是扮演遲到角色的他，難得有機會說這句話。

「其他人呢，先去了？」哲倫張望後，壓了遙控器將身後空車上鎖。

「對啊，魯大早就都帶進去了，他們走前我才剛到……自己看配置啊。」阿雄吸氣縮起小腹，眼神指去自己車蓋上的一張圖紙。哲倫走近細看，一張用紅筆註記多處的酒店內平面圖上，除了好幾個圓圈和箭頭，還標示了偵查隊各員警們的位置。是魯大安排的埋伏配置圖。

「不是吧。」哲倫找到自己名字後皺起眉頭。

「是啊，根本不叫我們也可以嘛。」阿雄接著抱怨，鬆口時肚子又凸了出來。接到召回通知時，他正與女友在吃歐式自助餐。

酒店位於一座商業建築的五樓，埋伏配置圖上，大部分刑警都分布在酒店裡頭，唯獨他們兩個除外。哲倫被附註指配到無逃脫路線的六樓天台，而阿雄則是配守在一樓樓梯口。由於酒店大廳的出入口都有足夠配置，建築外圍也有支援警力可隨時封鎖，六樓與一樓的防線顯得多餘。換句話說，哲倫更像是刻意被派上頂樓吹冷風的。

不過埋怨歸埋怨，他們對這樣的配置倒也不是完全意外。兩人事前都未參與這宗案子的偵查，現在破案在即，肯定不會給他們太多搶功勞的機會。但比起不在乎的阿雄，哲倫仍心有牽掛。他相信那女孩的朋友被叫到酒店，和今晚冒出嫌犯將重返現場的情報絕不是巧合，兩者極有可能就是同一人……那位也出現在保護證人旅館的紅髮男子。若如此推測，他便是當晚魯大安排來『解決』證人的殺手。魯大不可能冒風險讓有關連的嫌犯指認自己，所以今晚的埋伏行動，多半是為了滅口而安排……雖然很卑鄙，不過哲倫也覺得這樣發展或許是最好的。證人被殺一案對方並未被排除嫌疑，如果稍後遭當場格斃，身分很容易就會被聯想為同是該晚的兇手而結案。

讓紅髮男背這黑鍋並不會過意不去，畢竟對方本就有計劃下手，而自己更會『順手』被一起送葬……唯一心理的糾結，大概就是那女孩懇求時的表情。請一定要救他……對方認真信任警察的稚嫩臉龐，不是那麼簡單就可以忘記。

「啊對了，魯大剛有特別對大家交代，確定嫌犯有動作前，不要輕舉妄動，沒到緊要關頭別碰槍。」終於拉上拉鍊的阿雄漲紅臉。由於現場有酒客和小姐，為不誤傷，這樣的要求對其他人顯得很合理。

謹慎用槍嗎？這理所當然的指示，讓哲倫一楞。疑犯若活著被逮捕，對魯大絕對不利。講這話是為了撇責，還是有什麼把握對方不會開口牽連到他？隨著阿雄步往酒店，哲倫無法停下思考，但明白被排除在埋伏現場的自己，現在能做的也只有思考而已。

9.4

在一樓與阿雄分開後，哲倫並未如指派地直接前往頂樓，而是搭電梯去了眾人所在的五樓酒店。魯大正策劃著什麼的念頭，在腦中揮之不去。魯大與紅髮男今晚若照上面，兩人間會有什麼對話？如果能找到魯大接受委託、安排殺手的跡證，就能拔除他這公私不分的敗類……哲倫思忖著，即使自己也早踏離了法律的矩規。

五樓的電梯門開後，哲倫一眼就見到了幾位在大廳偽裝埋伏的同事。早幾屆的阿傑正站在櫃檯前，換了白襯衫和黑領結，扮作成酒店服務生的模樣。不過他半禿的額頭，讓角色顯得有些超齡。阿傑很快便注意到跨進大廳內的哲倫，快步上前。

「走錯樓層了吧，客人？」阿傑堆起接待的笑容，但語氣卻不是那麼一回事。他與阿雄被魯大被指配到無關痛養的崗位，肯定大家心裡都有底。

見對方態度強硬，哲倫只得裝糊塗，當做未清楚配置。趁阿傑耐著性子提醒時，他朝內打量了一圈，視線所及並未見到紅髮男的身影，但五樓的埋伏的確密不透風，在酒店任何地方亮槍，都會立刻被警力包圍住。找不到藉由留在現場，哲倫只得依指示轉向樓梯口。

朝天台的階梯，陰暗裡滿佈著菸蒂和柳丁皮，大概是平時休息空檔的服務生扔下的。就算疑犯能突破包圍，在衝往沒逃脫機會的天台之前，大概得先摔上幾跤……心絮仍留在五樓現場的哲倫揣測著。通往頂樓的厚實鐵門比預期中的更容易推開，刺骨冷風迎面灌來時，哲倫慶幸自己因要掩蓋住防彈背心而事先穿了較厚的外套。只是接下來發生的事，完全在他的意料之外。

一塊森冷的硬物，才踏上頂樓，便從門後抵住了他的太陽穴。眼前大型霓虹燈招牌的炫光迷惑了視覺，但不需要轉頭，哲倫便已明白那觸感是來自一把手槍，識相地緩緩舉起雙手。還未來得及出聲，耳裡塞的通訊耳機就已被對方熟練地摘掉。想參與現場行動的意念忽然成真，只是在成為隻待宰羔羊的狀況下……

「也遲到太久了吧，上頭很冷啊，混蛋。」對方怨道，不過聲音出奇地熟悉。哲倫吃驚意識到，一旁指著槍的人，並不是警方鎖定的疑犯……而是策劃這次行動的魯大。

「魯大……是我啊，哲倫。」他瞥頭往旁踏離了兩步，但卻擺脫不了槍口。

「當然是你啊，以為我配置排假的？」他不屑冷笑著。

哲倫瞬間沉下只是誤會的期待，嘴角繃緊起來。今晚表面上的埋伏行動，難道是魯大設計來對付自己的？但到底是為什麼……難道魯大發覺了昨天被跟蹤的事，想要在被揭露前滅口？不，樓下都是刑警，聽到槍聲便會湧上來，他不可能敢在這開槍的……哲倫用著剩餘的冷靜思考著。只是當視覺適應頂樓牆邊的招牌強光後，便無法再那麼樂觀。一具了無生氣的人形，明顯地同遭暗算，在他之前就已攤倒在剛沒注意到的角落。

「地上那傢伙，是拿來當代罪羔羊的嗎？」哲倫盯向頂樓上的另一頭羔羊，辨認出他就是被約來的紅髮男子。原來嫌犯今晚會再次進酒店尋仇的風聲只是幌子？魯大一開始就是與對方約在頂樓。

「哼哼，別擔心，他也不是無辜的，酒店這宗、證人案三條命……當然還有等一下的殺警案，都是他幹的。」魯大慢慢移步，將身影與槍口轉到哲倫面前。背光的臉孔，隱約能見到張醜惡的笑容輪廓。

證人案嗎……哲倫不免莞爾，林秘書長、陳桑和老江，明明就是死在自己手上。自以為知道所有事的魯大，雖居著勝者的傲慢姿態，仍不免顯得愚昧。可是話說回來，栽在他陷阱裡的自己不是更蠢嗎？他默想自嘲著。

「至少講一下，我是為什麼死的吧？」已知沒勝算的哲倫慘笑，做出最後要求。

「說到這，我倒很好奇你妹那件事，你查到了多少？」魯大突話鋒一轉。

哲倫睜大雙眼，對方字語比寒風更凜冽地鑽進了他胸口裡。原來那件事，魯大也知道嗎……？當時痛徹心扉的怨憤，在親手執行正義後並未消逝，只是冰封在了空虛縫隙中。稍微一震，就又出現裂痕。兩個月前，與陳桑、老江一同出勤查訪線人的情景，再次於哲倫腦中清晰起來……

9.5

「文仔啊……最近很不低調喔他。」陳桑抽了口煙後，緩緩吐出。

「嘿啊，不出來交代一下不行了啦。」老江配合應聲道。

「找我沒用啦，我又不是他老爸。」對坐在檀木長桌後的廖老闆，悶悶將剛泡好的茶倒進四支小茶杯裡。

哲倫與兩位同事齊坐，除了剛進門時與對方打過招呼，尚隻字未開。他們口中的文仔，是個專竊名車的慣犯，目前由哲倫負責追查其行蹤，有人聲稱常見他在這廢五金回收廠內打牌。回收場的負責人廖老闆，剛好是陳桑與老江的舊識，所以哲倫便拜託了兩人前來探對方口風。

「但他是你老婆的乾弟弟不是？半個姊夫了啊。」老江接過茶杯，不忘笑容。

「所以你們知道嘛，都知道這樣還想從我這裡問什麼。」廖老闆皺著眉頭，語意間表示不便多言。哲倫當天應該是第一次見到他，但總覺得面善。

「怎不想想現在能當老闆，是誰幫的忙？」陳桑見他推阻，表情不悅。

「當年那件事幫你們頂下來時，說好不欠人情了嘛。」廖老闆反駁道，氣氛漸僵。

「幹，最後又沒坐牢，賠的三百萬也是我們處理，怎麼看都你佔便宜，夠狠啊。」

「狠？有你們狠？明明那個時候還可以送醫院，好好一個女孩子……」

「好啦好啦！不要再說這有的沒的。」老江連忙起身，扮和事佬阻止這話題繼續下去。

那日最後，廖老闆還是屈服透漏了文仔的下落，但哲倫的心思已不在竊車案上。他們言談間提及的事情和數字，讓他不禁聯想到一件揪心憾事……六年前還是電機系大學生時，哲倫尚在讀高中的妹妹因車禍去世了。據查是她清晨出門後，被失控車輛高速撞上，當救護車趕到已無生命跡象，而肇事逃逸的駕駛則於數日後投案。報紙社會版面上的簡短百字，輕描淡寫地彷彿妹妹仍會在晚餐後幫忙洗碗。

懷疑酒駕的肇事者雖以過失至死罪被起訴，但因有誠意與家屬和解，賠償三百萬後只判了緩刑，一步也沒進過監牢。明明將腦袋浸在酒精裡的是對方，為何消失在這世上的是自己的妹妹？但考慮到面臨崩潰的父母心情，哲倫只是默默望著他們簽下里長拿來家裡的協調書。從小就被父母告誡要保護妹妹，不過在卸下哥哥身分包袱的同時，才明白只懂讀書的自己是多窩囊。消沉的那陣子，他唯一能做的是替她將書房裡的那幾盒拼圖拼完。為彌補內心無能的缺憾，畢業後便參加警察特考、完成警大受訓，重新拾回了保護者的身分。妹妹在街口餵狗的身影，仍會在放空時瞥見，而成為刑警以後的哲倫……終於有勇氣朝那回憶望去。

不過面對現實與過往的平衡，在那日被顛覆了。見完廖老闆當晚，哲倫立刻回警局調閱當年妹妹車禍一案的相關卷宗和記錄。強烈的不安感證實了並非空穴來風，雖然廖老闆或許因改運換過名字和造型，粗獷落腮鬍上的深邃眼鼻卻依舊，一眨眼，便與檔案上的肇事者照片重疊。且車輛所有者並非他，而是登記在一位陌生女性名下，但真正撼裂他以為早撫平傷口的，是現場重複進退的車輪血痕和遭多次輾壓的受害者屍體……妹妹在地上掙扎想爬起的呻吟景象，在哲倫震驚的兩眼間浮現。當初命運促使他毅然從警，似乎就是為了這一幕。

由於肇事車輪胎遭搜證時已換新，所以無法確認該輪痕是否為該車或後來車輛所致。哲倫激動讀著明顯偏頗的鑑識判定，即使不抱主觀想法，也明白受害者是死在惡意下。經過連日暗自探查，他從當年負責的員警口中得知曾受過陳桑與老江的壓力，更查出了車主就是陳桑的妻子。想替妹妹完成的最後一面拼圖，已近乎完整。同在車上的廖老闆只是背黑鍋，欲蓋彌彰的殘忍主事者則是陳桑與老江……

不過調查到此，已經到了盡頭，即使再奔走暗訪，仍沒有更進一步證據能將他們定罪；最後，唯一成為受刑者的，是哲倫自己。明知道陳桑與老江奪走了親人的性命，卻仍要每天若無其事地見面共事，彷彿自己的刑警頭銜，與他們的一樣毫無意義。視野裡妹妹所在的天空……在認知翻案無望後，逐漸遭黑暗吞噬。

但那一刻，他明白了。黑暗中，不再需要依賴光芒……只要有機會的火花，他可以自己燃起復仇之燄制裁兇手。

9.6

「那件事，難道你也有關係……？」

即使早已對天台低溫麻痺，聽見魯大此刻提起妹妹的車禍，哲倫仍不住顫起。比起眉心前的槍口，對方上揚的嘴角更令人心慌。

「媽的，你不是在開玩笑吧？原來連個屁都沒查到啊！」魯大愣後，瞪大眼咧笑起。哲倫極欲想詢問內情，但面著那惹人厭的嘲諷，一個字都出不了口。

「真高估你了，唉，知道你私下調查到車主是阿茹時，還以為你有什麼把柄要勒索我咧。」見他震驚反應，魯大帶著虛偽同情搖起頭。

「阿茹，你說陳桑的老婆？但那和你又……」疑問到一半，哲倫驚止住，突然察覺一件要命遺漏。車禍案發當時，車主究竟是與誰在交往？陳桑妻子是魯大前女友這檔閒話，在局裡並不是祕密，但自己在拼湊線索時竟完全忽略了。

「嘿嘿，現在才想到啊？察覺你和那女生同姓時，我可是很快就去確認了你們的關係。但還真他媽的巧，跟你們家是有孽緣嗎？撞死了妹妹，又逼我要斃了哥哥。」

「混、混蛋……所以開車的是你？是你殺了她?!」哲倫臉色由青白轉紅。

「喂，別說得好像我不倒楣啊，只是喝個小酒而已，誰知道碰到你妹在街上擋路。要是酒駕真的被抓到懲處，我這小隊長位置早就被拔掉了！」

「就算是意外，她那時還有救的吧，為什麼要致我妹於死……」想起現場照片上被重複輾壓的受害者，他激動地泛濕眼眶。

「她那樣要爬又爬不起來的樣子，誰知道是不是被撞斷了什麼啊！賠三百萬打死，總比賭她殘廢一輩子要賠個上千萬好吧？而且事後我可很有良心地去拜關帝立毒誓喔，說好不開車就不開車，到現在我可是都……」魯大繼續細數著所作犧牲，彷彿自己才是受害者，但在哲倫耳裡聽起都是廢話。

妹妹的存在，並不會因對方的假意懺悔而回到這世上。因自私自利奪走別人性命的混蛋，有什麼資格談良心？哲倫兩額冒出青筋，恨不得將眼前那張嘴撕成碎片，不過更讓他怨憤崩潰的，仍是無能的自己。原以為奪走妹妹性命的兇手已遭制裁，但意識到真兇仍在面前大言不慚，才知道自己摒棄靈魂染上鮮血的雙手，就像是幼童玩泥巴似的可笑……

「要除掉你這件事……現在看起來很多餘，但既然都攤牌了，我們也不能笑一笑就沒事了吧？你的命畢竟還是比你妹硬一點呀，本來都安排妥當，沒想到那兩個廢物竟然還代你送了命，逼我現在得親自下手，嘖。」抒發完積悶的魯大退遠了兩步，將手套中明顯非制式警槍的準星挺直。

旅館內咖啡被下安眠藥，果然是陳桑和老江動的手腳，而證人死活只是掩飾私刑的煙霧彈，自己才是他要處理的目標。看清全局的哲倫，知道終究慢了一步；魯大今晚的計畫根本是一石多鳥，不但滅了自己口，更可以同酒店和旅館兩案一齊栽贓給地上躺著的衰鬼，獨攬所有的功勞……望著魯大瞄準的槍口，哲倫悲悽地漸漸鬆開拳頭，放下最後一搏的念頭。雖對不起枉死的妹妹，事到如今，或許乾脆點死在那槍下才是最好的。依表面上的因公殉職，至少今後沒人照顧的父母還能領到撫卹……想到這，他萬念俱灰地閉上眼。

接著，一聲巨響，劃破了夜空。

就這樣完全感覺不到痛楚地結束了嗎？希望妹妹也是如此離開這世界的哲倫，稍後睜開眼。魯大已消失無蹤，而身側則出現了一襲緩步走過的女性身影，但那絕非朝思暮想的妹妹……而是從未想過要放進回憶跑馬燈裡的Tina。當對方面無表情地打了個噴涕後，哲倫才摸上額頭，理解到自己並未中彈。

「可惡，有人在偷罵我。」Tina吸了吸鼻子，面向地上抱怨，表情不悅。

「呃，我想應該是上面風大的關係……你沒事吧？」跪於地板上的慶安慰完Tina後，轉頭看向怔楞的哲倫。他兩臂中壓制住的對象慢慢從倒蔥栽姿勢，癱軟成大字型狀。遭撂倒的苦主正是魯大，眼神如死魚般的翻白。

「謝謝，只是你們……怎麼會突然來這裡？」雖明白到是因他們而得救，哲倫硬撐起的笑容卻舒展不開。今晚酒店現場的任務全由分局警力執行，刑事局的人照理說不應出現在這。

「老實說，由於旅館槍擊命案你涉有重嫌，我們是來請你回去協助調查的。」慶將已無意識的魯大反手上銬後，從容站起。

「你們懷疑兇手是我？」哲倫表情凍僵。

「我知道兇手是你。」霓虹燈反射中，Tina晃了過她泛著冷光的雙瞳。

9.7

「我不會拒補……但想請問一下，你們為什麼會認為我是兇手？」訝異淡卻後，哲倫苦澀問道，將配槍從外套內交出給慶。經過剛才的心歷轉變，他已經沒有抵抗的想法，只是希望能輸得心服口服。

「其實嫌犯是內部成員的可能性一直沒有排除過。除了證人躲藏位置是對外保密，我們也有考慮嫌犯闖入時，為什麼執勤員警絲毫沒有反應時間地就坐以待斃……所以一個很合理的解釋，就是嫌犯的身分和進入房間的方式，並不會讓死者們警戒。」見對方配合的態度，慶緩緩解釋道，將另一副準備好的手銬收起。

「因此懷疑到我和阿雄嗎？但案發時我們有不在場證明，反而我們小隊長不是應該更有嫌疑？」見魯大置身事外地暈昏在地，若不是慶擋在前頭，哲倫早忍不住衝動朝他臉上踢去了。

「就是這不在場證明洩了你的底啊，阿呆。我們剛確認過速食店內的監視紀錄，交接前二十分鐘你們的確在排隊，中間你還接了通電話，和陳姓死者手機上的通聯紀錄相符。」一旁抱臂旁觀的Tina，終於開了口。

「既然如此……」

「但當你們到房間外發現沒人應門時，你撥的是林姓死者的手機吧？正常情況下，重播給最後通過話的陳姓死者不是更簡單嗎？」

「人慌張時，思考跟不上動作是常有的事吧。這不能說明什麼……」

「我又沒說是因為這件事斷定你是兇手，只是它的確引起了我的注意。真正讓我鎖定你的，是房間內拉起的簾子。」

「……妳說隔開證人床位和客廳的簾子？」

「對，原本佈置成殺人後自殺事件的現場，兇手為什麼要在殺了所有人後再拉上簾子？這種怎麼想都多餘的舉動，最常見的就是魔術師用來分散觀眾注意力的手法。而與手機的事連結起來，說明了你是唯一能犯下這件密室殺人案的兇手。」

「……」聽到這，哲倫已預見挫敗似地默然別過眼神。

「雖然你和搭檔都宣稱發現命案後，沒有任何人和屍體獨處過……但藉由搭檔去掀幕的瞬間，你與陳姓死者是處於他注意力外的死角。就算只有一秒的時間，也足夠你把死者的手機和房間鑰匙塞回他口袋吧？陳姓死者的手機一直在你身上，這就是為什麼第一時間你不撥打他電話的緣故。若被你搭檔發現從你身上發出鈴聲，一切都露餡了。」

「……」哲倫淡淡望著剛呼出的氣。白霧在黑夜裡飄散，不知最後去了哪裡。

「所以我推測整件事的經過，就是你知道六點以後有廟會活動，早在九點半交接前就獨自先到，而他們也沒懷疑地就讓你進了房。藉著煙火和鞭炮聲掩護，你沒引起任何人注意地就殺了他們。之後帶著陳姓死者手機和房間鑰匙上鎖離開，造成現場看似自殺命案的密室狀態，以及你們在速食店時他們還活著的假象。」

「等一下，我承認這真是很厲害的推理……可是目前為止，就只是推理啊，證明我做過這些事的證據是？」原本只是靜聽著，哲倫突然意識到。

「我不是都講完了，哪還需要什麼證據？」Tina一副對方不可理喻的神情。

「那個……我們並不會只依臆測就斷然行動。」慶介入澄清。

「蒐證方面，一開始的確是毫無進展……我一度不解嫌犯如何順利奪槍。三顆致命射進頭骨的子彈都嚴重變形，雖然證人床板上的那一顆彈頭讓我們成功比對到，確認了是從死者配槍射出，但現在看起來，應該是為了誤導而故意射偏的吧？我想真正的兇槍是你剛交給我的配槍，開完前三槍便與死者配槍交換了彈匣，之後才射了第四槍，刻意留下那顆較完整的彈頭……只是現在即使意識到這點，熟悉警方鑑識程序的你，一定也妥善清理過配槍了。」

哲倫苦笑，實情的確就如慶所敘述。他不認為自己有留下任何跡證，畢竟行動前在房間廁所套上的拋棄式雨衣、鞋套和手套，事後也早已燒成灰燼了。

「但直到我見到陳姓死者手機的指紋採證報告後……情況有了變化。」

「你指老陳的手機上沒有任何指紋很不尋常嗎？其實像一些有強迫症的人一樣，他對自己手機特別有潔癖。每次用完都會把整個機子擦得光亮，同事們都知道的……」哲倫對這早有提防。

為避免懷疑，在速食店撥打完藏在外套內的老陳手機後，直到旅館大門前都一直在口袋內用手帕包著擦拭，從頭到尾抹了好幾遍，確保不會留下自己指紋。

「不，不是那樣，手機的確被擦地很乾淨，但仍採集到了明顯的指紋……不過並非屬於死者，而是你的，在螢幕上清晰可見。請問你能對這做出解釋嗎？」

聽到這，哲倫不禁怔了怔。怎麼可能？是什麼環節有紕漏？明明仔細擦抹了好幾次，將手機放回陳桑口袋內時也是用手帕包著，為什麼還能採集到指紋？只是再怎麼回想，也沒能發現盲點在哪裡。

「經他們分析，留下的並不是尋常的指紋。」慶繼續解釋。

「？」

「根據檢驗結果，不是普通人類手上分泌的油脂造成的……那個成分，是種會在溫度高時轉為透明的顏料，類似市面上所謂『魔擦筆』的墨水，雖然不知道你的手為什麼會沾上……」

哲倫呆楞住。慶提到的魔擦筆，讀書時用過，墨水筆跡只要用附贈的橡皮筆蓋摩擦，就會神奇地消失般，但其實只是受熱而變為無色狀態，染料仍存在。念頭到此，他已意識到問題出在哪裡。那隻當晚被強迫推銷、花了一百六十元購買的愛心筆漏水……而且還漏在了同在口袋內的暖暖包上。

「唉，如果沒犯這種低級錯誤，其實我會覺得你的犯罪手法是及格的。」Tina說著似乎是安慰的話。

哲倫坦然地接受失敗。掙扎到最後，還是輸了啊……但犯罪？自己想所做的並不是犯罪，而是執行正義。那些真正醜惡到骨裡的罪行，才都藏在厚顏無恥的臉皮下。早知道，就不買了啊……為什麼要為了那吉娃娃造型的筆蓋心軟買下。喜歡狗的妹妹，早就不在了嘛……

除了牽連證人林秘書長與只是從犯的陳桑和老江，自己根本什麼都沒辦到。如果一開始就知道對手是Tina和慶，或許會打消走上這條修羅路的念頭吧……

躺在圍牆光線死角下的紅髮男，此時轉醒發出呻吟。慶發覺後趕緊上前查看對方傷勢，同時聯絡組員支援。他們沒有意料到今晚頂樓上會如此熱鬧。礙於職責所在，Tina挪了兩步站近地上的魯大，略表代為看守的責任。

「嘿，你剛跟這花襯衫嘰哩咕嚕地聊什麼？」Tina瞥了眼魯大癱瘓在地的肥厚軀背。

「沒什麼，只是才知道……該從這世界上消失的是他。」哲倫聽見自己喉嚨裡的咕嚕聲，猜測Tina和慶剛應在樓梯內抵達了一陣子，等待出手的時機。只是頂樓風大，他們不可能聽得清楚這衝突的原因。即使魯大已被上銬制伏，在缺乏其他案件罪證的情況下，今晚多半也只會被起訴恐嚇罪這種輕責。他將背靠上鐵門旁牆壁，試著用旁觀者的角度去接受這一切。

「嗯，你也覺得他這衣服很礙眼吧。」

「不，並不是因為穿著的關係……」

「但最近和他打過架的不是你吧？他這痴肥樣應該抱不起一個大男人。」Tina盯向魯大領頸後露出的三道垂直的爪痕。

「打架？妳指那傷痕嗎……可能是剛才他和角落那個人打鬥後留的。」雙手插進口袋內的哲倫，望向圍牆下慶正嘗試喚醒的紅髮男。或許是無需再掙扎掩飾，即使自己的刑警身分就到今晚為止，心境更感放鬆。

「傷沒那麼新，而且被抱起來的人比那男的更瘦小。」她跟著打量過去。

「抱起來是什麼意思？」

「要在這位置留下從下而上的垂直爪痕，如果不是快三百公分的巨人，就是一個能讓他從抱腿部抱起來的對象嘛，比如說一個體重很輕的女生。」Tina用腳尖在魯大脖子後筆劃。

「這個，關於那我可能有點線索……來這前才聽了一個想報案的女生說，她朋友被人偽裝成跳河自殺。」哲倫聯想起與魯大在橋上會面的那個年輕女孩。當日追過去後，找了一陣子都沒能見到她身影，本以為是單純跟丟，不過早先遇到那個來報警的女生後，便明白對方多半是在他與那隻狗搏鬥時遭魯大毒手，被從橋上扔下了……

「那個在路上公園被你放下車的女生嗎？」Tina瞇起眼。

「唉？原來你們是一路跟監過來的。」

「她口風很緊呢。」

「你們也把她接上車問話了？」

「沒啊，只是停下問了她Moiselle最近是不是有特價，那死小鬼竟然反問我那是什麼。」她頗在意的表情，似乎還沒察覺最近一連看到兩次的白紗短裙洋裝是同一件。見自己知道Tina所不知道的事，處於完敗立場的哲倫莫名起了優越感。

「那麼……那案子就麻煩你們調查了。」哲倫苦笑委託，將剛接下的工作交付給更可靠的人。就算沒其他線索，死者指甲裡肯定也留下了犯人的皮屑。對方將以殺人罪被起訴……雖不是因為妹妹的案子，但想到魯大終逃不過牢獄，哲倫還是感到一絲安慰。

「喂你，不是想死吧？」Tina注意到哲倫又向旁挪了兩步。慶聽聞轉頭，驚見他已緊站在離自己數尺之遙的圍牆前。

「雖然對你們不好意思，不過若等到判決確定，父母便拿不到撫卹了……」哲倫將手抖撐在女兒牆上，想到家人一開始就對自己從事這種需要搏命賺錢的職業反對，失聲啞笑。當時沒預料到怯懦的自己，竟會在短短幾天內接連跨過法律和生死的圍牆；已無路可走的他，只剩這方式能照顧他們了。

「等等，先冷靜，讓我們談一下……」慶緊繃住肌肉，但明白即使動作再快，也無法在他躍下前拉住對方。

「慶，別麻煩了，讓他跳吧。」Tina無所謂的攤了手。

「Tina！」慶反青了臉。

「如果他確定父母拿到錢，就和六年前死了個女兒換到三百萬一樣開心的話。」

「為什麼……你們知道我妹妹的事？」Tina嘴中刺耳的話，讓哲倫正準備抬起的鞋板僵住。

即使是聽見剛才與魯大的對話，也未提到那件車禍發生在六年前。

「因為想釐清你的犯案動機。之前背景調查時，我們就從你帳戶注意到一筆每月支出給流浪動物協會的捐款，用的是你妹妹姚幼希的名義，確認後……知道她六年前因車禍去世了。而這件事，我們在想是不是和你的魯小隊長有關係？」慶緩緩站起解釋，避免刺激對方。

「你們查到了什麼？」哲倫倒抽了口冷風。

「由於證人保護任務是他主導，加上與兩名死亡員警有深交，我們對他做了更深入的調查……發現兩個耐人尋味的巧合。第一是他晉升小隊長的公布日期，剛好是你妹妹遭酒駕車禍的前一天。而第二，他於隔日因肝脾創傷留下了就診記錄。」

聽到慶說到此，哲倫原已寂然的腦灰質再次通過電流。魯大那天的通宵酒聚，原來是為了慶祝升遷？不過更重要的，是那件就醫記錄。車禍中，傷者會因不同的乘座位置導致不同部位的傷害，例如說肝脾受傷的患者……通常是未繫安全帶、撞上方向盤的駕駛。

「你們能證明是他撞死我妹？」如突見一道射進永夜寂林中的光芒，哲倫壓抑破聲。

「嘖，果然是內鬨呀，就覺得奇怪，若目標是證人，在自己執勤時安排他畏罪自殺不是簡單得多？」Tina重新盤起兩肘。

「啊不，這些只是偶然的發現，我們還未朝那方向偵辦……」慶稍感尷尬。

「拜、拜託！旅館三條人命我全認了，一定跟你們回去給個交待！請一定要找到是他殺死我妹的證據！拜託了，拜託！」哲倫激動地踉蹌著地，雙掌甚至在泥磚上壓出了脆痕。咽嚎磕頭的他相信，如果這世上還留有魯大奪走妹妹性命的證據，眼前的兩位一定能找到。即使明白妹妹不會因此回來，他還是在喪失刑警身分前的尾聲，卑微盡上自己身為兄長的最後責任。

慶見況，正不知所措地想上前將哲倫攙起時，袖口突然一緊。原來是身邊的紅髮男已恢復意識撐起上身，緊拉住他的手臂。

「別聽他的亂講……那三個人明明是我殺的。」杰爵捱著被槍托打青的眼角，咬牙喊道。額頭上傷口雖只裂了一小痕，腫起的瘀血卻讓他難以張開左眼。

「你有證據？」慶納悶問到。

「當然啊！爬進窗戶用的登山繩可是我買的，發票都還留著。」

自認握有強力證明的杰爵，從皮夾內亮出了一張略有皺痕的發票，不過並未如預期地吸引到眾人興趣。畢竟第二套殺人計畫，並沒有發生。現場氣氛有如上班時間滿載的電梯裡，不知是誰手誤，在門正關上時又按到了開門鈕。Tina望了慶一眼，彷彿只要繼續沉默佇著，電梯門便會自己再關上。慶明白應出聲，卻一時不知該說些什麼；通常自己的立場，是站在證明對方犯罪的那一方。

「媽的，說好的錢我不要了可以吧！快放了她就好！」等不到任何回應，杰爵忿忿作出讓步，殊不知狀況外的自己開口後，讓其他人也陷入了同樣處境。

「你好像誤會什麼了……」慶意識到需要表明身分。

「呃，妳……小薇？是小薇嗎?!」稍微撐開模糊的視線後，杰爵發現了位被慶身影擋住、始終一語未發的女人。

「你才肖仔。」只會幾句台語的Tina，對罵人的話特別敏感。

10.1

『你在裡面過得好嗎？』

即使隔著層透明壓克力板，杰爵在見到對方筆記本中的字語時，心口仍是熱得連鼻頭都紅了。這是因殺人罪入獄兩個月後，小薇首次來探視。被定罪的是殺害酒店副店長一案，至於旅館證人謀殺案，警方並未採信他當晚的認罪證詞。

『過得去，妳呢？』他立起紙上剛寫下的回答，擋住顫動的嘴角，故做自然地抹了頭。原本高調的刺蝟紅髮已被剃掉，現在的三分頭摸起有些不慣。

『我也是』小薇翻過本子，淡淡笑起。

『酒店那些人有再找妳麻煩嗎？』

『沒有了，不要擔心』

讀到這回答，杰爵終於放下心中牽掛。一開始上酒店理論，就是希望能幫小薇擺脫他們魔爪，雖然後續場面失控……但只是不甘對方威嚇而搶過槍，沒預料到會就這樣走火殺了人。趕來處理的圍事流氓縱然開了放過他們的條件，甚至還多加上筆可觀酬勞，自己卻未能依約完成；直至被警察逮捕，他都不確定那份『工作』被人搶先做了的事，是否有順利瞞過那群流氓。

監獄有個惱人的規矩，像他這樣剛入獄的新人都是被列為第四級受刑者，無法與非三等親內的對象會面甚至通信。若日後表現良好升上第三級，才會免除這限制。只是第一週他就已陷入焦慮，若不是今天小薇特別接見的申請通過，他沒有自信一年半載後對方還認得自己。

『不過答應帶妳去國外住，一輩子照顧妳的事，現在可能沒辦法了』支撐杰爵到現在的，是當初允諾她的憧憬。兩人起床第一眼便能見到彼此溫暖的笑容，不需再擔心幸福被驚醒……意識到這畫面終究是個夢時，他緊抓住膝蓋不讓情緒竄上，慶幸此時不需舉起手邊的話筒。

『沒關係的，我找到一個美髮助理的工作，包吃住，生活很充實』小薇並未介意，表情釋然。

『好厲害。』頓後，他真心佩服道。

『才沒有，現在只會洗頭』她難為情笑著。

『但等我出去時，妳一定已經是名設計師了吧。』

應是鼓勵的字句，小薇讀過後的表情卻有些複雜，數度動了筆回應，但都不滿意地劃了掉。法院宣判刑期時，杰爵猜想那時坐在角落旁聽的是她。

『趁這段時間想想，到時候要幫我剪什麼新髮型，好不好？』杰爵擔心氣氛被自己弄壞，趕緊先動了筆，而身旁的監管人員也隨著彎腰細讀。由於顧慮受刑人對外暗通訊息，平常獄中會面是不允許筆談的；今日算特地通融，所以即使煞風景也無法抱怨什麼。

『不喜歡原本紅色刺刺的那樣了嗎？』

『每天起床都要抓一個小時耶！』

與小薇第一次見面時，她曾聊到漫畫《妖精尾巴》裡的男主角很帥。杰爵並沒有特別喜歡那角色，但隔天便去染紅開始上髮膠了。他知道自己出獄時，小薇大概已經過了會翻漫畫的年紀。除此之外，他希望多少能追回消逝的時間。

『那就照我那時候的心情幫你剪喔』小薇轉回笑容。

『好，反正不管我剪什麼造型妳都能認得嘛。』杰爵被感染地笑起，彷彿這個預約就在下禮拜。他認真望著小薇，即使知道做不到，也想將她暖人的顏容好好收在腦裡。

快結束時，其實還有更多心底的話想講，但杰爵最後只是將手不捨地貼上隔開兩人的透明牆。現在的他沒資格做出更多承諾，所以還不如等到能牽著她的手時再說。時間很主觀，只要心跳能保持現在的節奏，十年一下就會過去了。

『你要好好照顧自己』停頓幾秒後，她寫下叮嚀的話。

杰爵點了點頭，正當手準備放開時，小了他一號的掌印突在另一面貼上。他意識到視線朧動，趕緊用另一手抹過眼眶，不過淚水已早先一步滑落下。

10.2

在監獄外前等公車時，怡萱無意識摸了自己脫皮的手心。已經習慣的乾粗觸感，不過仍是像別人的手陌生般。夜市顧攤時戴手套洗碗的油膩感，想起來竟然有些懷念。上次罩著外套帽子經過麻油雞攤時，她有些訝異見到鴨叔在裡頭認份做著她以前的幫手工作。

「小姐，坐車嘛？」一台駛經的計程車停下後，車窗內的駕駛大聲詢問。

怡萱搖了頭婉拒，目前已存下的錢，不夠讓她揮霍在車資上。比起『小妹』，最近被喚稱為『小姐』的頻率似乎越來越高了。除了褪下的學生制服，她不覺得自己有什麼明顯改變，但之前沒意識到的是，原來自己長相就和名字一樣平凡。即使拿了小薇的身分證應徵和申請探視，卻沒有人留神到她不是本人；彷彿證件上照片的模樣，就與杰爵眼中一樣的不重要。

她抽出手機確認時間，見到電源顯示已快掉到一半以下了。可能是電池老化的關係，今早起床時才充滿的電，彷彿比分鐘流逝地還快。這隻手機是小薇的遺物，或更正確地說，是『小薇們』所留下的。

由於被告知現場危險，那夜被放下警車後，她到便利商店坐了一整晚。門口被個冒失男子撞到時，小薇的提包曾不慎摔落過。摸到潮溼，才發現裡頭的化妝水瓶底裂了開。趕緊將沾濕的東西擺上桌面後，她一件件地拿起擦拭。不過當拾起原本朝下的手機時，卻發現螢幕已解鎖進入了系統畫面。原本一頭霧水地以為是手機碰到水故障，見到小薇仍在桌上的身分證，忽意識到了原因。

拾起手機時曾觸到側面按鍵，那時蓋在手機下的正是身分證。她想起見過同學們的行動電話有臉孔辨識解鎖功能，而小薇身分證的照片，竟讓手機意外解鎖了。螢幕上，仍留著小薇最後使用的聊天軟體畫面。不安查看之後，怡萱對她的認知一塊一塊地被顛覆。

聊天對象的綽號是『魚日哥』，對話內容是從一週前開始。

小薇：『他已經不關我事了，為什麼要我跟他走？？』。這是記錄中的第一句留言。

魚日哥：『妳比較醒目，幫我監視一下』

小薇：『你還給他那把槍，很恐怖耶』

魚日哥：『他又不會對妳怎樣，這幾天記得把自己當啞巴就好，之後有妳好處』

之後的對話，日期隔了兩天。

魚日哥：『你們現在在哪裡？』

魚日哥：『很急，快回我』

魚日哥：『幹，死去哪了！』

接著幾句仍都是他一人的留言，只是口氣越來越急躁，甚至帶著威脅。

當小薇作出回應時，剛好是怡萱初次遇見她的那天。

小薇：『你沒把錢放在那男生說的地方？』
魚日哥：『還以為真死了，幹，你們躲去哪』
小薇：『說好的兩百萬都沒有要給他嗎？』
魚日哥：『人交給警察就好，給什麼錢』
小薇：『我就知道你沒那麼大方』
魚日哥：『沒妳的事，告訴我你們在哪裡就好』
魚日哥：『人咧』
魚日哥：『幹，妳再給我玩消失看看』
最後的對話內容，發生在小薇消失那一日。
小薇：『別生氣嘛，我被看很緊沒機會回你』
魚日哥：『騙肖仔！到底在給我搞什麼鬼』
小薇：『對了，你之前說的好處是多少？』
魚日哥：『馬上把他人帶回來，兩萬』
小薇：『才這樣喔，你都省了兩百萬了』
魚日哥：『妳跟我談價錢？』
小薇：『我哪裡敢啦大哥』
魚日哥：『少廢話，快點，沒人交我很難辦』

小薇：『你不怕也被檢舉喔？』
魚日哥：『他又認不出我』
小薇：『但我認得耶』
魚日哥：『幹，妳到底想怎樣』
小薇：『等等見面談』

約完見面地點和時間後，他們間的對話便到此結束。怡萱雖不知道後來他們詳細的爭執內容，但小薇的人生，的確因自己提早結束了。

但小薇，並不是一開始就是『小薇』；在她之前，『小薇』這個身分已經『傳承』了幾次。讓怡萱意識這點的，是『初代小薇』八個月前與『蒂芬妮』的聊天內容。

小薇：『最近很忙，我有個客人你要接嘛』
蒂芬妮：『那個牙醫嗎，好呀好呀』
小薇：『想太多妳，是蚊子男啦』
蒂芬妮：『那個妳說有認人障礙的傻哥？』
小薇：『哈哈，是啊，太黏了，沒空應付』
蒂芬妮：『他家裡有嗎？』
小薇：『沒，口袋不深，做模版領薪水的』
蒂芬妮：『那還接什麼意思啊』

小薇：『但穩定很肯給，不無小補啦，看妳』
蒂芬妮：『那也是肯給妳而已呀，搞不好對我沒那麼好』
小薇：『妳就繼續扮我就好啊』
蒂芬妮：『我們也只有髮型差不多，怎麼扮？』
小薇：『放心啦，就算見面他也分不出誰是誰。像上次約吃飯，我叫他先進餐廳等我，到了故意坐到對桌和他面對面，想看多久可以認出我，沒想到一個小時後我都吃飽了他還望著門口傻等』
蒂芬妮：『有沒有那麼蠢啊？？』
小薇：『哈哈，妳試了不就知道』
蒂芬妮：『可是聽聲音他也聽不出來嗎？』
小薇：『不用說話啦，他以為我聾啞，因為剛認識時我覺得只說孤兒院長大不夠慘。』
蒂芬妮：『夠了喔妳』
小薇：『而且怕講過什麼忘記，和他見面聊的內容我都有寫在筆記本上，要接的話記得翻一下。這帳號和舊手機可以一起給妳，反正很少用了。』
蒂芬妮：『好像很好玩，那我試試，剛好這個月很閒。』
小薇：『接了就要負責喔，別到時候嫌煩還給我』
蒂芬妮：『懂啦，我知道怎麼做。」——

而『第二任小薇』蒂芬妮所謂的知道怎麼做，就是將這身分交給下一個人。上述類似的對話，之後也陸續出現了在同事群組中『Ruby』與『柔柔』的聊天內容裡。彷彿是一臺前三十分鐘可免費乘騎的公用自行車，又或像是每個月只能生一顆蛋的母雞，接手的人都在感到厭煩後，將這名食之無味，棄之可惜的客戶交給了下一位『小薇』經營。直到最後一任悲情過了頭，對那客戶哭訴因為業績不好，被店長掌嘴囚禁……

從聊天記錄中，怡萱可以分辨出至少有四位小薇，但不知道她所認識的那位小薇，究竟是哪一任。可能是那說過以後想開咖啡店的，也有可能是另一位提到喜歡讀村上春樹的。話說回來，這隻象徵接力棒的舊手機裡，不見得存有全部歷任『小薇』的交接記錄……唯一能知道的是，很難再找到下一任灰姑娘穿上這只玻璃鞋了。

但王子不知道，他的訊息仍停留在小薇消失前的最後一夜。

杰：『再等我一下喔，明天應該就會拿到了』

小薇：『好，我等你』

杰：『去韓國後，妳想住哪呢，靠海的地方還是大城市？』

小薇：『我想住城堡』

杰：『我就是妳的城堡啊』

小薇：『那等你實現諾言喲』

杰：『一定，我會一輩子愛妳，像公主那樣的愛妳』

故事沒有結束，和這對話一樣，一直如承諾地停留在那刻。

怡萱將手機收妥後，計算著再存兩個月薪水，應該就可以買一隻平價的新電話。而之後，就可以計畫要去哪裡玩、開始存旅遊基金……但是在之前，得先趕回店裡才行。細雨輕輕飄了起來，公車仍未到，她只請了早上半天的假，答應老闆娘要在十二點以前回去。

10.3 祕密

「不好意思喔，騙了妳兩天。」小薇邊說，邊用毛巾擦乾剛染黑洗完的短髮。她望著女廁鏡子前的自己，新造型似乎被剪得太短，活脫像個中學生。

「嗯，沒想到呢……」剛得知對方秘密的怡萱，撐著淡淡微笑。即使心境還未完全平復，仍仔細清掃洗手臺下散落的金色長髮。

「憋著不講話也很辛苦的呀。若不真的把自己當啞巴，隨時都會露餡的。」

「為什麼不和妳男朋友坦白呢？他都想帶妳出國生活了，這麼愛妳一定不會生氣的。」怡萱不解。

「就說我沒把他當男朋友了……反正事情有些複雜啦。離開台灣的事我當然也考慮過，但現在他的錢又拿不到，全部都甭談了。」

「可是他還是很愛妳啊。」

「齁，妳以後就知道啦，錢比什麼事都重要。」

怡萱明白小薇比自己的見識多，但人生的意義，不應該只是錢吧……雖然很多東西都能用錢買到，但她想要的，是錢買不到的。

「不過像這樣換了髮型，他真的就認不出來了嗎？」怡萱還是覺得很不可思議。
「是呀，像妳的臉和我的臉在他眼裡根本都是一模一樣的，兩個眼睛一個鼻子。」
「那是一種病嗎，一出生就這樣喔……？」
「不知道耶，唉呦，反正他的事我都很少問。不過等下以防萬一，我們還是交換一下衣服好了。怕他有特別記我穿什麼，如果去拿錢時真的被他在外面碰到，又看見我和人說話，事情會超級麻煩。」
「嗯。」怡萱認真點著頭。
「還有喔，等一下到約好的橋那邊，妳記得先在後面躲著，不要靠太近。」小薇想起這件最重要的事。
「為什麼不一起走就好呢，約要見面的人有什麼問題嗎？」
「他們是流氓啊，談不攏會殺人的耶，要讓他們知道我們這邊有人看著。」
雖感到訝異，怡萱仍再次點了頭。
「記得要注意我手勢喔，如果像這樣比了要趕快站出來給他們看到，知道嗎？」
「嗯。」應該要感到緊張害怕的，但奇怪的是，一點也沒有。
「拿到錢以後，妳就可以開心去畢業旅行了喔。」
怡萱用微笑回應著。但再然後呢……會一直過著幸福快樂的日子嗎？錢再多，也填滿不了心中缺乏溫暖的那塊陰影。能讓靈魂不再感到流離，找到相依相靠的寄託，才是生命所該追尋的啊。

小薇不知道，自己擁有的東西有多麼珍貴……如果可以，她願意放棄一切來交換。

THE END

【後記】

這本小說在動筆之前，其實腦裡構思好的部分只有密室；直到故事完成，我才理解到自己寫了什麼。許多寫故事的人都分享過一種體驗；讓角色們登場後，他們就像有了生命、會做出作者預想外的行為和言論，甚至主導了情節發展。我想說的就是這樣的經歷，只是更傾向角色們不是被作者賦予生命，而是早在故事開始前，就在哪裡存在著了。

第一本純愛小說《因為我喜歡你，笨蛋》出版後，有幾位讀者很有心地找到我當時寫短篇故事用的部落格。她們多是國、高中生的女孩，或許是覺得我能理解她們的感受，會留言分享生活裡的煩惱和心情。而常常在我想到該如何回應她們之前，那些事情就有了新的發展。有時是釋懷，有時是再接再厲，但她們都能有勇氣地重拾起生活節奏。我很高興扮演聆聽者的角色，或許給不了實用的建議，不過至少能讓她們感受到不是獨自地面對問題。其中只有一次，我站到了比聆聽者更近的位置，因為那位女孩的蒸便當被開玩笑地丟在教室外的水溝裡。

另外碰巧讀過我另一本小說《相遇這一刻，世界轉動》的人，或許會發現女主角幼希以彩蛋的形式出現在這次故事裡。不過我必須很不負責地承認，這並不是預計中的安排；更像是在檢視哲倫的動機時，他自己透露出的思念，而我被那動機說服了。畢竟如果起因是借五百塊不還或鬪門吵到午睡之類的，我會很苦惱。除此之外，我也明白看著一個故事還沒結束就被劃下句號的那種感覺。我有一位朋友，也遇上了和幼希類似的事情。

前面說的這一些，並不是指她們是故事中的角色原型，而是我相信世界上一定有許多人有著相同的故事。這樣敘述，好像有要反映社會問題的意味。若能因此而發酵些什麼當然很好，不過老實說，我真的只是想要解釋書裡人物自主性給我的感覺。如果有人想聽科幻小說式的版本，就是我覺得每一個人都帶有一種稱做角色粒子的東西，乘載了自身的個性和經歷、會游離飄散到各地。如果湊巧被一個作家感應到，就會變成所謂的靈感，轉成筆下的角色和情節。然後這種角色粒子應該還有一種特性……就是很容易被咖啡味吸引。

關於接下來的寫作計畫，有幾個推理題材的故事已經成形，比如說同樣以童話為發想的皮諾丘殺人事件。基本上都會先以小說形式創作，但也有更適合直接寫成影視劇本的故事。而目標當然就是朝成為全職創作者的方向努力，同時希望能吸引更多讀者對台灣推理作品的注意。

最後這本小說的完成，要感謝鄭芬芬導演給予的寶貴修改建議、持續推廣台灣推理小說不懈的責任編輯喬齊安，還有秀威出版社付出心力的同仁，和所有支持過我的讀者朋友們。

舒果汁

要推理43　PG1789

要有光 FIAT LUX　仙杜瑞拉殺人事件

作　　者	舒果汁
責任編輯	喬齊安
圖文排版	周妤靜
封面設計	楊廣榕

出版策劃	釀出版
製作發行	秀威資訊科技股份有限公司 114 台北市內湖區瑞光路76巷65號1樓 電話：+886-2-2796-3638　傳真：+886-2-2796-1377 服務信箱：service@showwe.com.tw http://www.showwe.com.tw
郵政劃撥	19563868　戶名：秀威資訊科技股份有限公司
展售門市	國家書店【松江門市】 104 台北市中山區松江路209號1樓 電話：+886-2-2518-0207　傳真：+886-2-2518-0778
網路訂購	秀威網路書店：http://store.showwe.tw 國家網路書店：http://www.govbooks.com.tw
法律顧問	毛國樑　律師
總 經 銷	聯合發行股份有限公司 231新北市新店區寶橋路235巷6弄6號4F 電話：+886-2-2917-8022　傳真：+886-2-2915-6275

出版日期	2017年11月　BOD一版
定　　價	240元

Printed in Taiwan

國家圖書館出版品預行編目

仙杜瑞拉殺人事件 / 舒果汁著. -- 一版. -- 臺北
市 : 要有光, 2017.11
面 ;　公分. -- (要推理 ; 43)
BOD版
ISBN 978-986-95365-3-0(平裝)

857.81　　106015655

讀者回函卡

感謝您購買本書，為提升服務品質，請填妥以下資料，將讀者回函卡直接寄回或傳真本公司，收到您的寶貴意見後，我們會收藏記錄及檢討，謝謝！

如您需要了解本公司最新出版書目、購書優惠或企劃活動，歡迎您上網查詢或下載相關資料：http:// www.showwe.com.tw

您購買的書名：________________________________

出生日期：________年________月________日

學歷：□高中（含）以下　□大專　□研究所（含）以上

職業：□製造業　□金融業　□資訊業　□軍警　□傳播業　□自由業

□服務業　□公務員　□教職　□學生　□家管　□其它_____

購書地點：□網路書店　□實體書店　□書展　□郵購　□贈閱　□其他

您從何得知本書的消息？

□網路書店　□實體書店　□網路搜尋　□電子報　□書訊　□雜誌

□傳播媒體　□親友推薦　□網站推薦　□部落格　□其他__________

您對本書的評價：（請填代號　1.非常滿意　2.滿意　3.尚可　4.再改進）

封面設計____　版面編排____　內容____　文／譯筆____　價格____

讀完書後您覺得：

□很有收穫　□有收穫　□收穫不多　□沒收穫

對我們的建議：________________________________

____

____

____

請貼
郵票

11466
台北市內湖區瑞光路 76 巷 65 號 1 樓
秀威資訊科技股份有限公司 收
BOD 數位出版事業部

（請沿線對折寄回，謝謝！）

姓　　名：＿＿＿＿＿＿＿＿　年齡：＿＿＿＿　性別：□女　□男

郵遞區號：□□□□□

地　　址：＿＿＿＿＿＿＿＿＿＿＿＿＿＿＿＿

聯絡電話：(日)＿＿＿＿＿＿＿＿＿＿(夜)＿＿＿＿＿＿＿＿＿＿

E-mail：＿＿＿＿＿＿＿＿＿＿＿＿＿＿＿＿